KB177835

사랑이 내게 아프다고 말할 때

내 지친 어깨 위로 내려앉은
희망의 씨앗 하나

사랑이 내게 아프다고 말할 때

· 이명섭 지음 ·

다연
DAYEONBOOK

"똑똑"

사랑이 노크합니다.

사랑 / 불완전 / 소유 / 질투 / 타인 / 자신 / 시련 / 악조건 / 감사 / 이유 / 그 / 모두 / 인연 / 모래알 / 확률 / 추억 / 기억 / 필요 / 결혼 / 혼자 / 불편 / 관심 / 연인 / 꽃다발 / 나중 / 생각 / 기적 / 우주 / 한 사람 / 믿음 / 선물 / 변화 / 지금 / 순간 / 당신 / 용기 / 인생 / 쇼 / 클라이맥스 / 인내 / 책 / 진정성 / 진실 / 자격 / 처음 / 평생 / 함께 / 거리 / 장애 / 초월 / 행복 / 마법 / 잘못 / 가족 / 우리 / 내 편 / 경험 / 행동 / 돌 / 이끼 / 꿈 / 마음 / 믿음 / 불만 / 독 / 주범 / 용서 / 융통성 / 실패 / 유턴 / 다시 / 시작 / 성공 / 자질 / 말 / 열정 / 충동 / 이름 / 네모 / 구멍 / 못 / 우정 / 영혼 / 친구 / 후회 / 만회 / 시간 / 진심 / 솔직 / 사람 / 잔고 / 희망 / 긍정 / 오르막길 / 내리막길 / 비탈길 / 희생…….

이 모든 것이 한꺼번에 다가옵니다. 내 마음에 오롯이 자리잡아 나에게 힘내라 속삭입니다. 그대 목소리만큼 따뜻합니다. 소중한 당신, 사랑합니다.

들어오세요!

PROLOGUE

멘토에게 듣고 싶은 한마디

살다 보면 책의 글귀나 영화, 드라마의 대사 하나하나가 큰 힘과 용기를 줄 때가 있습니다. 나는 그런 말들을 블로그에 모아두곤 했습니다. 그리고 가끔 힘든 일이 있을 때마다 꺼내어 읽으며 마음을 다잡곤 했습니다.

그러다 문득 이렇게 모아둔 말들을 혼자 지니고 있기보다는 많은 사람과 나누고 싶다는 생각이 들었습니다. 많은 이가 이 말들에 저마다 공감하고, 나아가 살아갈 힘을 얻었으면 하는 생각이 들었습니다. 어떤 한마디로 인해 힘이 되는 것을 뛰어넘어 '힘이 들어도 당신은 나의 소중한 사람입니다'라고 느낄 수 있다면 기운이 더 번쩍 나지 않을까 하는 생각이 들었습니다.

한마디, 한마디가 모여서 '당신은 소중한 사람입니다' 라고 느낄 수 있는 책!

물론 이 글을 엮는 것은 쉬운 일이 아니었습니다. 영감을 얻은 많은 대중매체의 한마디 한마디를 정리하고 분류하고 다시 다듬어 편집하는 것이 쉽지는 않았습니다.

우리 인생은 비바람이 몰아칠 때도 있고, 안개 자욱한 혼돈에 휩싸일 때도 있고, 햇빛이 쨍쨍할 때도 있습니다. 누구나 행복을 꿈꾸며 살아가지만, 그 행복은 롤러코스터처럼 들쭉날쭉하지요. 통장 잔액처럼 어느 때에는 가득 찰 때도, 어느 때에는 바닥이 보여 좌절할 때도 있습니다.
심리학 서적에 가장 많이 등장하기도 하는 '지금 이 순간'이라는 말을 우리는 주목해야 합니다. 행복도 불행도 '지금 이 순간'에 오기 때문입니다.

지쳐 쓰러지고 힘이 들 때, 누군가의 따뜻한 말 한마디는 위안을 주고 다시 일어날 힘을 불어넣어줍니다.
이 책에는 곁에서 멘토가 얘기해주는 듯한 따뜻한 말과 힘이 넘치는 말들이 담겨 있습니다. 판에 박힌 딱딱한 명언이 아닌, 전적으로 공감할 수 있는 한마디들과 가슴에서 우러나오는 진솔한 이야기가 담겨 있습니다.

부디 이 책에 나오는 글들이 지쳐 굽은 어깨를 펴줄 희망의 씨앗이 되어 세상 모든 이에게 전파되었으면 좋겠습니다.

2013년 10월

이명섭

CONTENTS

PART 1 사랑, 그 뜨거운 여름

CONTENTS

PART 2 사랑은 기적이 필요합니다

CONTENTS

PART 3 당신 잘못이 아닙니다

CONTENTS

PART 4 지금, 일어나야 할 때

PART 1

사랑, 그 뜨거운 여름

진짜 책임을 진다는 건
내가 늘 당신 곁에 존재하는 게 아닌가 싶어서…….
–드라마 〈인현왕후의 남자〉 중에서.

진정한 사랑이란 '아낌없이 주는 마음,
숨김없이 드러내 보이는 마음'입니다.
내가 가진 아흔아홉 개를 다 채우기 위해
한 개를 더 뺏어오는 것이 아닌,
아흔아홉 개를 주고도 하나를 더 주고 싶어 하는
간절한 마음입니다.

01 불완전

지금 곁에 있는 사람의
1퍼센트 매력을 찾아보세요

사과나무에는 사과,
배나무에는 배,
복숭아나무에는 복숭아,
'아낌없이 주는 나무'에는
사랑이라는 열매가 맺힙니다.
문득, 연인의 부족한 부분이 시야를 가로막는다면
두 배 이상의 사랑을 더 쏟아주세요.
그 부족한 부분에서 사랑의 열매가 주렁주렁 열립니다.

아무리 완벽한 사람이라도 수많은 장점 사이로
한 가지 단점이 보인다면 정이 뚝 떨어집니다.
그러나 단점투성이인 사람에게
눈에 띄는 장점이 딱 한 개만 있어도
거기에 반한다고 합니다.
돈키호테도 멋진 백마 탄 왕자님처럼 보이는 것이
사랑입니다.

'하지만'이라는 단어는 사랑을 놓치게 합니다.
사랑하지만 돈이 없어서, 집안이 다르니까,
혹은 성격이 안 맞아서…….
'하지만'을 버리면, 진정한 사랑이 다가옵니다.

사랑은 모든 것을 극복할 힘이 있으니까요.

『톰 소여의 모험』을 쓴 마크 트웨인은 말합니다.
"사람은 달과 같아서
남들에게 보여주지 않는 어두운 뒷면을 가지고 있다."
사랑하는 사람들에게
항상 좋은 모습만 보여주려고 노력하니 힘들죠?
지금 있는 당신 모습 그대로를 사랑하는 사람이
당신의 진짜 사랑입니다.

아프리카 속담에 이런 말이 있습니다.
'어리석은 사람은 물 가운데 서 있어도 늘 목이 마르다.'
당신에게 채워지는 사랑을 눈치채지 못하고
늘 혼자라고 생각하는 건 아닐까요?

사랑도 완벽하고 빈틈없는 사람끼리 만나면
물이 가득찬 그릇처럼 더 이상 채울 수 없어
넘쳐버리게 됩니다.
사랑이란 완벽한 사람끼리가 아니라,
부족한 사람들이 만나 이해하며 성장하는 과정입니다.

'인간의 실수는 인간을 사랑스럽게 한다!'
괴테의 명언입니다.
기계도 가끔 실수를 하잖아요.
그런데 사람이 완벽하게 실수를 하나도 안 한다면
어떤 느낌일까요?
가끔은 덜렁거리고 실수하는 것이
오히려 더 인간적이고 사랑스런 모습입니다.

이런 말이 있습니다.
'사랑이란 서로의 모든 것을 알고 난 후에도
여전히 친구로 지내는 할아버지와 할머니 같은 것!'
'사랑은 토닥토닥 달래야 하는 어린아이와 같다'는
말처럼 실수에 화내지 말고
어머니의 마음으로 감싸주는 건 어떨까요?
그렇게 한다면 좋은 벗이 되어 오래오래
아름답게 늙을 수 있습니다.
'현명한 아내는 희망과 사랑으로 하루를 보내고,

어리석은 아내는 절망과 푸념으로

하루를 보낸다'는 말이 있습니다.

마음속의 욕심을 내려놓고 이렇게 다짐해보세요!

당신은 내가 사랑하기에 딱 적당한

몸매입니다.

성품입니다.

당신은 내가 사랑하는 사람입니다.

02 소유

질투는 항상
타인을 쏘려다가
결국 자신을 쏘는 것

'사랑은 손안에 있는 수은과 같다.
손을 펼쳐두면 수은은 그대로지만
잡으려고 움켜쥐면 손가락 사이로 떨어져버린다.'
미국 시나리오 작가 도로시 파커의 말입니다.
이제 그 사람을 잡으려고만 하지 말고
있는 그대로를 인정하는 건 어떨까요?

사랑이 깊어지면 나타나는 3종 세트가 있습니다.
바로 소유, 질투, 집착입니다.
나의 애인한테 사랑만 주고 싶지만
결국 애인과 그 친구들한테 3종 세트를 건네게 됩니다.
'내 연적은 바깥의 이성이 아니라,
내 안의 질투다'라는 말이 있습니다.
3종 세트는 정수기에 걸러내어
진짜 사랑만 주는 건 어떨까요?

'사랑은 상대방을 소유하는 것이 아니라
서로 완벽한 하나가 되도록 도와주는 것'이라고 합니다.
당신을 기쁘게 하면 저는 그것으로 행복을 느낍니다.
항상 당신을 웃게 만들고 싶은 사람이니까요.
그이 곁에만 있으면

그이가 지닌 단점을 모두 잊어버리는 사람,
그게 바로 '애인'이라고 합니다.
'사랑이란 움직이는 것이다.
하지만 사랑하는 사람이란
움직이는 사랑을 지탱해주는 것이다'라는 말처럼
정말로 사랑한다면 애인의 흔들리는 마음부터
잡아주려 노력하는 건 어떨까요?

'질투는 천 개의 눈을 가졌다.
그러나 어느 한 개도
제대로 보지 못한다'는 말이 있습니다.
'의심받을 만한 상황'으로 인해
사람의 성격이 '의심스럽게' 변하는 게 아니라,
모든 것을 믿지 못하는 그 사람의 '의심하는 성격'이
'의심스러운 상황'을 만든다고 합니다.
의심의 눈길로 바라보면
이 세상의 모든 게 의심스러워지니까요.
이제, 천 개나 되는 질투의 눈을 모두 가려보세요.
단, 유일한 '믿음의 눈'만 크게 떠
상대를 바라보는 건 어떨까요?

사랑의 한 형태라고 하는 질투!

사랑하지 않으면, 질투라는 감정은 생기지 않습니다.

맹자는 말했습니다.

"질투는 항상 타인을 쏘려다가 결국 자신을 쏜다."

적당한 질투는 '효과'가 있지만

과한 질투는 '괴로움'이 따라온다는 점, 잊지 마세요.

사랑은 소유하는 것이 아니라

그 사람을 지켜주고, 이해하고, 나눠주는 것입니다.

'어느 추운 겨울날

고슴도치 두 마리가 추위에 떨었습니다.

서로 꼭 껴안아주려고 했지만,

맞대자마자 예리한 가시에 찔리고 말았죠.

그래서 어느 정도 거리를 둘 수밖에 없었죠.

바짝 껴안을수록 상처만 생긴다는 걸 알았습니다.'
쇼펜하우어의 『여록과 보유』에 나오는 이야기입니다.
사랑한다면 서로에게 적당한 거리가 있어야겠죠.
갖으려고만 하다 보면 집착이 되고
그렇게 소유하려는 마음이 점점
서로에게 아픔만 줄 수 있습니다.

'사랑이란 나를 비우고 너를 채우려 할 때
샘물처럼 고여드는 것이다.'
소설가 이외수의 『감성사전』 중
마음에 딱 와 닿은 구절인데요.
오늘부터 내 마음을 비우고
그 사람의 마음을 채워보세요.

'사랑은 한 사람의 가슴 속에
뿌리를 내리는 나무'라는 말처럼
물도 주고 관심도 줘야 무럭무럭 큽니다.
다도(茶道)는 여러 가지 방식과 의식을 거치고 나서야
비로소 그 참맛, 심오함을 느낄 수 있다고 합니다.
차를 음료수처럼 그냥 벌컥벌컥 마시면
다도의 목적인

마음이 차분해지는 여유를 느낄 수 없죠.
사랑도 마찬가지입니다.
정말 그 사람을 사랑한다면
진중하게 그 사람의 마음을 보살펴주세요.

사랑하는 사람은 마음을 숨길 수가 없고,
그렇게 점점 아름다워지는 자신을 발견하게 됩니다.
그래서 사랑하는 사람의 맥박은 팔이 아닌
얼굴 위에서 뛰나 봅니다.
사랑이란 내 마음 속에 그 사람을 담기 위해
나를 버리는 것이고
내 마음의 항아리를
그 사람 마음의 연못에 집어넣는 거죠.
그러면 내 마음도 가득 차게 되니까요.

'사랑이란
그 대상에 대한 인정'이라는 말이 있습니다.
당신에 관한 것들은 비록 아무것도 모르지만
지금 있는 그대로를 사랑하고 싶습니다.
"살면서 내가 상처 주는 사람은 '남'이 아니라,
항상 내가 '사랑하는 사람'이다."

드라마 〈꽃보다 아름다워〉에 나온 대사입니다.
바쁘다는 핑계로 가족이나 친구에게
함부로 대한 적 있었죠.
그들은 내가 힘들 때 내 편이 되는 사람들입니다.

'길들인다는 건
너는 나에게 이 세상에 단 하나뿐인 존재가 되는 거고,
나도 너에게 세상에 단 하나뿐인 유일한 존재가 되는 거야.
누군가에게 길들여진다는 것은
눈물을 흘릴 일이 생긴다는 것인지도 몰라.'
생텍쥐페리의 『어린 왕자』에 나오는
인상적인 구절입니다.
길들인다는 건 또 하나의 추억과 기억이 아닐까요?
물에 닿은 화장지가
아주 천천히 전부 젖게 되는 것처럼…….

03 시련

사랑하면서
날 힘들게 하는 악조건에
감사하세요

진정한 사랑을 아름다운 꽃에 비유합니다.
메마른 땅에서 피어난 사랑일수록
그 아름다움은 더욱 찬란합니다.
고급 화분에서 자라며 적절한 토양과 양분,
그리고 인간의 보호를 받으며 피어난 꽃은
거센 비바람에 뿌리째 흔들리게 마련입니다.
하지만 바위틈을 뚫고 힘겹게 자라난 꽃은
어떠한 가뭄과 홍수에도 흔들리지 않습니다.
누군가를 사랑할 때 겪는 악조건 때문에
힘들었죠?
이제 그 악조건은
모진 비바람과 폭풍우 속에서도
당신의 사랑을 든든히 지켜줄 것입니다.

강한 불길은
모진 바람에도 쉽게 사그라지지 않습니다.
바람 따라 작은 흔들림만 있을 뿐
불길이 더 크게 번지게 마련입니다.
사랑도 이와 같지 않을까요?
큰 사랑은 바람이 강하게 불수록 더 아름답게 커집니다.

"우리가 미워해야 할 백 가지 이유가 있어도
우리는 사랑한다는 단 한 가지 이유로 함께해야 해."
드라마 〈소문난 칠 공주〉의 명대사였죠.
헤어질 이유가 수없이 많아도 정말 사랑한다면
그 어떤 시련이 와도 이겨낼 용기가 생깁니다.
그러니 내민 그 손을 꼭 잡으세요.

내가 상처받지 않기 위해서 애쓰는 것이 '연애'이고,
상대에게 상처주지 않기 위해 애쓰는 것이 '사랑'이래요.
그래서 '죽도록 사랑한다'는 말은 있지만
'죽도록 연애한다'는 말은 없는 거죠.
당신은 지금 연애하고 있나요?
아니면 사랑하고 있나요?

이런 말이 있습니다.
'문제가 생기면 등을 돌리지 말라.
그 문제가 뾰족해져서 당신의 등을 찌를지도 모른다.'
사랑하는 사람과 문제가 생겼을 때
일단 숨을 돌린 후, 당장 해결하려는 마음보단
이해하고 공감하는 마음으로 다가가는 건 어떨까요?
'이 사람은 어떤 느낌일까?' 하는 마음이

둘 사이를 더욱 끈끈하게 맺어줍니다.

'상처는 치유하는 것이 아니라
그것으로부터 자유로워지는 것이다.'
일본 소설가 무라카미 류의 말입니다.
시간이 지나면 잊히는 것도 시련의 아픔입니다.

'최고의 와인이 강한 식초로 바뀌듯
아무리 깊은 사랑이라도 서로가 엉클어졌을 때
차가운 증오로 바뀐다'는 말이 있습니다.
사랑은 때론 참아주고, 실수를 감싸주고,
믿음으로 지켜봐주는 것입니다.

연애를 시작할 때보다 헤어지는 것이 두려워서
다른 사람을 만나기가 힘든 이들이 더러 있죠.
하지만 '상처받은 조개가 진주를 만드는 것'처럼
아픔의 상처가 있는 사람만이
다이아몬드처럼 영원히 빛나는 사랑을 만듭니다.

시인 원태연의 '착한 걱정'이라는 시에는
이런 시구가 있습니다.

'따지고 보면
잘못한 것도 없는데
다 잘못한 것 같고
시험 끝난 다음
답 고치고 싶은 학생처럼
그때그때
잘못만 생각이 나'
그동안 많이 힘들었죠?
이별은 그 누구의 잘못도 아닌 것 같습니다.
착한 마음을 가진 당신이라면
언젠가 그 마음을 알아줄 누군가가 나타날 겁니다.

짝사랑 때문에 힘든 당신,
내 마음 받아주지 않는 그 사람을
마음에서 밀어 보내세요.
가슴속 '빈방'이 있어야
새로운 사랑이 와서 채워줄 수 있지 않을까요?
당신의 마음은 다시 행복으로 가득 찬 방이 됩니다.

어항 속에서 금붕어가 답답해하지 않고
잘 사는 이유가 있습니다.

금붕어는 기억력이 좋지 않아서
하나뿐인 수초를 보고 처음 본 것인 양
착각하고는 또 금세 잊어버린다고 합니다.
슬프고 우울한 일은 지워버리는 게
더 행복할 때가 있죠?
'사랑했었다'는 어제이고,
'사랑한다'는 오늘이니까요.

시인 원태연의 '사랑의 크기'라는 시 아세요?
'사랑해요
할 때는 모릅니다
얼마나 사랑하는지
사랑했어요
할 때야 알 수 있습니다
하늘이 내려앉은 다음에야
사랑

그 크기를 알 수 있습니다'

정말 잡고 싶다면, 마음이 떠나기 전에 말하세요.

"사랑한다"고…….

말 안 하고 후회하는 것보단 백배 나으니까요.

'가장 훌륭한 시는 아직 쓰이지 않았다

가장 아름다운 노래는 아직 불리지 않았다

최고의 날들은 아직 살지 않은 날들

가장 넓은 바다는 아직 항해되지 않았고

가장 먼 여행은 아직 끝나지 않았다'

터키 시인 나짐 히크메트의 시

'진정한 여행' 중 일부입니다.

이별을 당한 당신에게 드립니다.

당신의 진가를 알아봐주는 사람은

아직 오지 않았습니다.

당신 인생의 가장 최고의 날은

아직 오지 않았습니다.

연애를 하다 보면 싸우기도 하고

성격이 안 맞아서 헤어지기도 합니다.

많은 연인의 눈물을 쏙 뺀 영화

〈이프 온리〉에 나온 대사입니다.
"늘 앞서 계산하며 몸을 사렸었지.
오늘 너에게서 배운 것 덕분에
내 선택과 내 삶이 완전히 달라졌어.
진정 사랑했다면 인생을 산 거잖아.
5분을 더 살든, 50년을 더 살든
오늘 네가 아니었다면 난 영영 사랑을 몰랐을 거야.
사랑하는 법을 알려줘서 고마워.
또 사랑받는 법도……."
있을 때 잘하자는 말이 있지만
만나다 보면 무엇 때문에 그게 잘 안 될까요?
때론 실수하고 이기적인 행동을 하게 되잖아요.
그러면서 하나씩 배워가는 게 사랑인 것 같습니다.
시간이 지난 후에야 비로소
진정한 사랑을 깨닫게 되는 것 같습니다.

소설가 박범신의 산문집 『젊은 사슴에 관한 은유』에
나오는 인상 깊은 구절이 있습니다.
'사랑하는 사람이 없다 하여
젊은 날을 가슴 아파하지 말라.
사월에 피는 꽃도 있고,

오월에 피는 꽃도 있다.
인생은 먼 길이다.'
당신의 내일엔 웃음꽃이 활짝 필 거예요.

세상에서 가장 미련한 것은
사랑을 알아채지 못하는 것이고,
가장 슬픈 것은
사랑을 해보지 못한 것이고,
가장 불행한 것은
사랑을 이해하지 못한 것이라고 합니다.
어긋난 연애 때문에 가슴 아프죠?
모태솔로보다 더 행복하다는 거 잊지 마세요.

『탈무드』는 말합니다.
'몸을 닦는 것은 비누지만,
마음을 닦는 것은 바로 눈물이다.'
당신이 겪은 슬픔을
뜨거운 눈물로 닦아내는 건 어떨까요?
세상에서 단 하나 거꾸로 흐르는 물이 있습니다.
바로 가슴에서 피어나 눈으로 맺히는 '눈물'입니다.
기쁠 때 흘리는 눈물이

화날 때 흘리는 눈물보다 덜 짜대요.
당신은 기쁜 눈물만 흘렸으면 좋겠습니다.

이런 말이 있습니다.
'연애는 인생을 코스별로 맛보게 하는
특별한 여행과도 같다.'
처음 만날 때의 달콤함이 평생 가기를 바랍니다.
물론 걷다 보면 비바람 몰아치듯 쓴맛이 밀려오죠.
처음 쓴맛에 어긋날 인연이라 판단하여
그만둘 생각도 합니다.
그러면서 이런 생각 또한 합니다.
'쓴맛을 보고 나면 그다음 달콤한 맛도 있지 않을까?'
'천국과 지옥을 모두 겪지 않았다면,
진정한 사랑이 아니다!'라는 말처럼
쓴맛의 지옥을 겪다 보면
천국 같은 달콤함이 있지 않을까요?

지난 사랑이 그토록 소중한 이유는
그 사람을 위해 당신이 노력한 그 시간 때문일 겁니다.
공들인 그 시간에 배신당한 느낌이 커서
이별이 더욱 크게 다가오는 것이겠죠.

사랑에 빠진 사람은 상대의 속삭임조차
또렷하게 들을 수 있다고 합니다.
지금, 당신의 마음이 흔들리고 있나요?
그렇다면 그 흔들리는 마음을 꽉 움켜잡길 바랍니다.
당신의 흔들리는 마음의 소리를
사랑하는 사람이 몰래 엿들을 수도 있으니까요.
운명이 이끌림이라면, 사랑은 약속입니다.
숙명처럼 다가온 사랑!
그 소중한 약속을 지키는 게 바로 사랑입니다.

만나자마자 이별이라니, 많이 섭섭한 모양입니다.
하지만 어쩌겠습니까?
산다는 게 매 순간 이별하는 일인걸요.
'회자정리, 거자필반, 생자필멸.'
만나면 헤어지게 마련이고,
떠난 사람은 돌아오게 마련이고,
태어나면 반드시 죽게 마련입니다.
안타깝지만 어쩌겠습니까?
떠나보내야 다시 만날 수 있는 것을…….
–드라마 〈누구세요?〉 중에서.

04 이유

그이의 사랑스러운 점을
모두 써보세요

시인 원태연의 '그냥 좋은 것'이라는 시의 일부입니다.

'그냥 좋은 것이
가장 좋은 것입니다
특별히 끌리는 부분도
없을 수는 없겠지만
그 때문에 그가 좋은 것이 아니라
그가 좋아 그 부분이 좋은 것입니다'

정말로 사랑한다면 그냥 다 좋습니다.
지금 당신의 사랑도 이런 마음 아닐까요?

싸고 좋은 물건을 사기 위해선
힘들여 발품을 팔아야 구할 수 있죠.
사랑도 마찬가지 아닐까요?
다리가 아프고, 주저앉고 싶고,
눈물이 주르륵 흐르는 과정을 거치고 나면
비로소 참 사랑이 찾아옵니다.
그 사랑은 목적인 아닌,
내 곁에 있는 사람이기 때문에 그냥 좋은
그런 것입니다.
바로 당신이기에, 사랑하기에 좋은 사람.

『논어』에서는
'애지욕기생(愛之欲其生)'이라고 했습니다.
'누군가를 사랑한다는 것은
그 사람에게 살아갈 이유를 주는 것!
그 사람을 잘 살게 하는 것!'
그런 누군가를 사랑한다면
그 사랑에 이유를 달지 마세요!
사랑에는 이유가 존재하지 않습니다.
누군가 당신에게 묻는다면 이렇게 대답하세요.
"그 사람을 사랑하는 이유가 무엇인가?"
"그 사람이 운명이기 때문이죠!"
"그 사람을 얼마나 사랑하는가?"
"내 영혼이 닿을 수 있는 깊이,
그리고 그만큼의 넓이와 높이로
그 사람을 사랑합니다."

시인 원태연의 '예를 들면 이런 거야'라는 시에는
이런 시구가 있습니다.
'예를 들면 이런 거지
그 버스 가는 길이 너무도 막혀
집에 가는 데 한 시간이 걸렸어도

널 만난 시간이 두 시간이라면
두 시간 정리하기에 한 시간은 짧은 거야'
사랑이란 이런 마음 아닐까요?
거리가 멀어서 망설이는 이들,
처음엔 거리가 멀어도 결혼하면 평생 같이 있게 되죠.
그때까지 힘내세요.

사랑에 관한 에리히 프롬의 명언입니다.
미성숙한 사람은 말합니다.
"당신을 사랑해요, 왜냐하면 당신이 필요하기 때문에."
그러나 성숙한 사람은 말합니다.
"당신을 사랑해요, 왜냐하면 사랑하기 때문에."

미국 시인 토머스 머튼은 말했습니다.
"사랑으로라면 당신은 모든 일을 잘할 수 있다."
사랑하는 사람이 있기에 성공하고 싶고
행복하게 해주고 싶고,
웃게 해주고 싶은 게 아닌가 싶습니다.
사랑이라는 이유로 어떤 일이든 잘할 수 있고,
넘어져도 다시 일어설 힘이 생깁니다.

"애정이 식으면 논리적으로 판단하게 된다."
칼릴 지브란의 말입니다.
지금, 사랑을 머리로 하고 있지는 않나요?
사랑은 가슴으로 뜨겁게 감싸 안는 것입니다.
이것저것 저울질하지 않고,
온몸으로 희생하는 것입니다.

영화 〈이프 온리〉는 자신밖에 모르던 남자 주인공이
딱 하루의 삶밖에 없다는 사실을 알자,
자신을 희생하여 모든 것을 준다는 내용입니다.
내가 더 많이 해줬는데 상대방은 나만큼 해줄까?
괜히 나만 손해인 거 같아 속상해하며 불평할 때가 많죠.
이럴 때마다
오늘이 나의 마지막 날이라고 생각해보세요.
지금 사랑할 사람과 함께 있는 것만으로도
행복한 순간이 되지 않을까요?
사람을 사랑하는 데 이유가 있다면
그건 계산하는 거지, 사랑하는 게 아니잖아요.
사랑하는 이유를 찾으려고 할수록
아무 생각도 떠오르지 않는 것, 그게 사랑입니다.

충동구매로 물건을 샀다가
나중에 가격이 더 내려간 걸 알고 후회한 경험, 있죠?
사랑도 마찬가지입니다.
막상 교제하다 보면 더 멋진 사람이 보일 때가 있지요.
그러다 한눈팔게 되고
그렇게 사랑이 지나갈 때가 되면
역시 지난 사랑이 나았다고 후회하기 일쑤죠.
그래서 사랑은
지금 이 순간 곁에 있는 사람과 하는 것인 듯합니다.
아무리 둘러보아도 내 사람이 최고인 거죠.

"결혼이 괴로운 이유는
바로 '덕'을 보고자 하는 마음 때문입니다."
법륜 스님의 주례사 중 가장 인상적인 부분입니다.
당신은 준 만큼 어쩌면 그 이상을 받으려는 마음,
그래야 나에게 이익이라는
아주 이기적인 생각을 하고 있지 않나요?
그렇다면 그것은 '사랑'이 아니라 '거래'입니다.
진정한 사랑이란 '아낌없이 주는 마음,
숨김없이 드러내 보이는 마음'입니다.
내가 가진 아흔아홉 개를 다 채우기 위해

한 개를 더 뺏어오는 것이 아닌,
아흔아홉 개를 주고도 하나를 더 주고 싶어 하는
간절한 마음입니다.

지금 누군가를 사랑하고 있나요?
그렇다면 흰 종이에
그이의 사랑스러운 점을 모두 써보세요.
시간이 흘러 두 사람 사이에 힘든 일을 겪었을 때
그것을 꺼내어 마음속에 다시 새겨 넣으세요.
그러면 당신을 억눌렀던 혼란이 말끔히 사라질 거예요.

05 인연

그 모래알이
1년 전 버렸던 모래알과 같은 확률

영국의 작가 제임스 호웰은 말했습니다.
"그 어떤 끈도 사랑으로 꼰 실만큼
억세게 끌어당기거나 붙잡아 매지는 못한다."
사랑이라는 것,
서로에게 양보하면서도 행복한 웃음이 나오는 것은
기적과 같은 운명의 인연이기 때문입니다.

'오늘은 당신 생일이지만 내 생일도 돼.
왜냐하면 당신이 오늘 안 태어났으면
나는 태어날 이유가 없잖아.'
소설가 은희경의 『빈처』에 나오는 말입니다.

미국의 정치가 윌리엄 J.브라이언은 말했습니다.
"운명은 기회의 문제가 아니라 선택의 문제다."
운명처럼 다가오는 사랑을 믿으십니까?
운명은 기회를 잡는 것이 아닌,
자신이 선택하는 것입니다.
적극적으로 나서서 기적적인 사랑을 만들어보세요.
언제 나타날지 모르는 사랑을 기다리기만 하는 것은
'비극'이니까요.

칼 세이건의 『코스모스』 서문에는 이런 말이 나옵니다.
광대한 우주, 그리고 무한한 시간…….
이 속에서 같은 행성, 같은 시대를 살게 된
놀라운 확률…….
이 지구 안에서 한 시대를 살아가는 것은
정말 놀라운 확률입니다.
그리고 그 수많은 사람 속에서 만난 단 한 사람!
내게 사랑의 느낌으로 다가온 기적적인 당신에게
가슴 시리도록 말하고 싶습니다.
"당신을 사랑해도 될까요?"

작가 정채봉의 『처음의 마음으로 돌아가라』에
이런 말이 나옵니다.
'세상에서 가장 아름다운 만남은
손수건과 같은 만남입니다.
힘이 들 때는 땀을 닦아주고,
슬플 때는 눈물을 닦아주니까요.'
당신의 손수건으로 그이를 열심히 닦아주세요.

"사랑하는 남자친구가 군대에 가고,
여자가 고무신을 거꾸로 신었다."

젊은 남녀 사이에 이별을 예고하는 말입니다.
흔히, 사랑을 고무신에 비유를 합니다.
제짝을 찾아 온전한 한 켤레가 되는 고무신처럼
사랑하는 사람은
그 누구도 대신할 수 없는 나만의 고무신입니다.
낡아서 늘어났든 해졌든
내 발에 꼭 맞으면 되지 않나요?

끝없이 광활한 푸른 바다도
한때는 시냇물이자 강물이었습니다.
산기슭과 들판을 굽이굽이 돌아
마침내 넓은 바다를 이루었듯,
당신이 사랑하는 사람도 그 누군가를 만나며
비로소 사랑을 제대로 배워
당신에게 정착한 것입니다.
오늘 당신의 연인과 추억을 함께했던 그 누군가에게
감사의 마음을 전하세요.
"이렇게 완전한 사랑을 알려주고
내게 올 수 있게 해주어 정말 고맙습니다."

사랑의 5단계!

사랑에 빠지면 누구나 이 과정을 겪는다고 합니다.
1단계, I meet you ;
그대를 만나 운명적인 사랑이 시작됩니다.
2단계, I think you ;
하루 종일 그대 생각만 납니다.
3단계, I love you ;
그대를 진정으로 사랑하게 됩니다.
4단계, I need you ;
그대가 없으면 아무것도 할 수가 없습니다.
5단계, I am you ;
이제 나는 당신입니다.
당신은 지금 어느 단계의 사랑을 하고 있나요?

다이아몬드, 숯, 석탄은 모두 탄소의 구조를 지닙니다.
물론, 탄소가 서로 결합된 모양은 다르죠.
같은 남자와 여자라도
그 속에 다이아몬드는 분명히 존재합니다.
보석 감정사의 눈으로
주위를 세밀하고 꼼꼼하게 바라본다면,
그 보석이 당신 앞에서 찬란하게 빛을 낼 것입니다.

'이 세상에 우연이란 없어.
우린 태어나기 전부터
서로 만나기로 약속을 했기 때문에 만나게 되는 것이지.
이것을 잊지 말게.
삶에서 만나는 중요한 사람들은 모두
영혼끼리 약속을 한 상태에서 만나게 되는 것이야.
서로에게 어떤 역할을 하기로
약속을 하고 태어나는 것이지.
모든 사람은 잠시 또는 오래 그대의 삶에 나타나
그대에게 배움을 주고,
그대를 목적으로 안내하는 안내자들이네.'
시인 류시화의 여행에세이 『지구별 여행자』에
나오는 말입니다.
가족, 회사, 친목회 등등 많은 관계 속의 인연들…….
그중 내게 상처를 주던 사람도 도움을 주던 사람도
다 인연으로 맺어진 사람들인 거죠.
별 느낌 없이 스쳐간 것 같아도 다 특별한 사람들인데
내 삶에 영향을 주게 된다면
결국 나 자신이 어떻게 행동하느냐에 따라
결정되는 거 아닐까요?

'내가 지나온 모든 길은 곧 당신에게로 향한 길이었다.
마침내 내가 당신을 발견했을 때, 나는 알게 되었다.
당신 역시 나를 향해 걸어오고 있었다는 사실을…….'
잭 캔필드의 『우리는 다시 만나기 위해 태어났다』에
나오는 말입니다.
인연이란 운명이기도 하고 기회이기도 한 것 같습니다.

'함께 영원할 수 없음을 슬퍼 말고
잠시라도 함께 있음을 기뻐하고 좋아해주지 않음을
노여워하지 말고 이만큼 좋아해주는 것에 만족하고
나만 애태운다고 원망치 말고
애처롭기까지 한 사랑을 할 수 있음을 감사하고
주기만 하는 사랑이라 지치지 말고

더 많이 줄 수 없음을 아파하고
남과 함께 즐거워한다고 질투하지 말고
그의 기쁨이라 여겨 함께 기뻐할 줄 알고
이룰 수 없는 사랑이라 일찍 포기하지 말고
깨끗한 사랑으로 오래 간직할 수 있는
나는 당신을 그렇게 사랑하렵니다.'
–만해 한용운의 '인연설' 중에서.

로또 1등에 당첨될 확률은
한 사람이 하루에 세 번 이상 번개 맞을 확률과
같다고 합니다.
사랑하는 사람과의 인연은
오래전 사막 한가운데 버린 모래알 한 개를
다시 찾는 것과 같다고 합니다.
로또에 당첨될 확률보다 더 어려운 사람의 인연!
그래서 인연은 더욱 소중한 것입니다.
누군가는 '옷깃만 스쳐도 인연'이라고 했습니다.
비록 한 번의 만남으로 끝나는 인연일지라도
그것은 기적 같은 확률로 이루어진 것입니다.
'사랑'이라는 이름으로 지금 내 곁에 서 있는 사람!
그이는 나와 깊은 인연을 맺은

정말 소중한 사람입니다.

사소한 잘못으로 그 소중한 인연을 떠나보낸다면

얼마나 마음이 쓰리고 아플까요?

영국의 소설가 존 릴리는 말했습니다.

"결혼이란 하늘에서 맺어지고 땅에서 완성된다."

어쩌면 그 사람은 지금 당신을 만나기 위해

하늘에서 떨어진 작은 씨앗인지도 모릅니다.

그 작은 씨앗이

당신이 세워놓은 사랑의 첨탑 끝에

정확히 꽂힌 것인지도 모릅니다.

06 추억

지우고 싶은 기억이 있다면
더 많이 사랑하세요

추억은 당신의 가슴을 따뜻하게 하죠.
그러나 그와 동시에
당신의 가슴을 멍들게도 합니다.
추억은 자동적으로 머리에 저장되기도 하고
자신도 모르게 리모컨의 저장 버튼을 누르기에
사랑보다 더 기억에 남습니다.

시인 원태연의 '그런 사람 있었으면 좋겠습니다'라는
시에는 이런 시구가 있습니다.
'자다가도 일어나
생각나는 사람이 있었으면 좋겠습니다.
얼핏 눈이 떠졌을 때 생각이 나
부스스 눈 비비며 전화할 수 있는 사람
그렇게 터무니없는 투정으로 잠을 깨워놔도
목소리 가다듬고
다시 나를 재워줄 수 있는
사람이 있었으면 좋겠습니다.'
보고 싶어 전화하던 첫사랑의 그 시절,
시간이 지난 지금
아련해지는 그때가 가끔 생각납니다.
그래서 추억은 지워지지 않습니다.

잊고 싶지만, 쉽게 잊을 수가 없는 것.

지우고 싶지만, 쉽게 지울 수가 없는 것.

사랑은 그만큼 애틋하고 간절하기 때문입니다.

아픈 기억도 아름다운 추억으로 빛나는 것이

'사랑'입니다.

그 위대한 힘이 오늘 당신을 우뚝 서게 합니다.

사랑에 대한 기억은 아름다운 추억입니다.

이런 말이 있습니다.

'과거를 기억하지 않는 사람은

그것을 반복하는 사람이다.'

어제 겪었던 사랑의 기억을 소중한 추억으로 남기고

오늘 새로운 사랑을 다시 그려보세요.

추억과 함께

아름다운 사랑을 영원히 키울 수 있습니다.

PART 2
사랑은 기적이 필요합니다

사랑의 힘은 우리에게
정상에 우뚝 서 있을 수 있게 하고,
폭풍의 바다도 건널 수 있게 하고,
나보다 더 나은 내가 되게 합니다.
–팝송 'You raise me up' 중에서.

사랑이라는 달콤한 꽃을 따기 위해서는
무서운 절벽 끝까지 갈 용기가 있어야 합니다.
그 꽃을 따려고 손을 조금 뻗어보지만
떨어질까 두려워 그만두지만
어쩌면 손 한 뼘, 아주 가까울 수도 있습니다.
그러니 포기하지 마세요.
용기 없는 소심한 사람은
사랑을 절대 얻을 수 없습니다.

01 결혼

나 혼자 너무 편한 것이 아니라, 조금 불편하더라도 함께

손가락을 하나씩 펴보면
다섯 손가락 중 네 번째 손가락만
제대로 펴지지 않습니다.
그렇게 홀로서기를 못하는 까닭에
함께 의지하며 살아갈 동반자를 찾았을 때
네 번째 손가락에 반지를 끼워주고
서로 행복한 삶을 약속한다고 합니다.
조금 불편한 네 번째 손가락처럼
함께하여 행복해질 수 있는 사랑이
진정한 사랑입니다.

미국의 정치가이자 저술가인 프랭클린은 말했습니다.
"결혼 전에는 눈을 크게 뜨되,
그 뒤에는 반쯤 감아야 한다."
인생은 반품이 되질 않잖아요.
'이러려고 내가 결혼했나? 내가 속았지!' 하면
뭐할까요?
배우자의 단점이 보인다면
눈을 반쯤 살짝 감아보세요.

'좋아하는 사람의 이름은 수첩 맨 앞에 적지만,

사랑하는 사람의 이름은 가슴 맨 앞에 새긴다.
좋아하는 사람의 얼굴은 눈을 크게 뜨고 보지만,
사랑하는 사람의 얼굴은
눈을 감아야 더욱 선명하게 보인다.
좋아하는 사람은 친구들과 어울려도 즐거울 수 있지만
사랑하는 사람은 오직 나하고만 있어야 기쁘다.
그래서 우정은 곁에 있는 것만으로도
가슴 벅찬 느낌표지만
사랑은 곁에 있을수록 확인하고 싶은 물음표다.'
-작자 미상, '느낌표와 물음표' 중에서.

'훌륭한 결혼이란 완벽하지 못한 한 쌍의 남녀가 만나
서로의 차이를 즐기게 되는 것이다.'
이 말처럼
부부는 혼자인 사람들이 만나 둘이 되는
젓가락이기도 하고
때론 부부싸움으로 따로따로 노는
포크와 숟가락이기도 한 것 같습니다.
서로의 차이를 인정하고 이해하는 것이
말처럼 쉽진 않죠.

이런 말이 있습니다.
'사랑이란,
한 사람을 등에 업고 평생 걸어가는 것이다!'
허리가 끊어질 듯 아파도
절대로 그 사람을 내려놓지 않는 것,
한 사람을 천 번, 만 번 다시 사랑하는 일입니다.

영국의 시인 포프는 말했습니다.
"사랑을 할 때는 꿈을 꾸지만, 결혼하면 잠을 깬다."
결혼생활은
'둘만의 맛있는 밥상'을 '함께 준비하는 시간'입니다.
아무도 완벽하게 잘 차려진 밥상을 주지 않습니다.
두 사람이 함께 노력해서 맛있는 요리를 해야 합니다.
그러기 위해 완벽한 배우자를 찾기보다는
본인 스스로 좋은 배우자가 되는 건 어떨까요?
'결혼한 사람들의 가슴속엔
결혼 추억을 담은 앨범이 하나씩 있다'고 합니다.
돈 혹은 물질이 담긴 사진이나
사랑이라는 아름다운 사진이 담긴 앨범일 수도 있겠죠.
살다 보면 힘들고 지친 날이 오게 마련입니다.
그때, 사랑이 가득 담긴 앨범이 있다면

그 순간 역시 참 행복하지 않을까요?
물질이냐, 사랑이냐는 당신의 선택에 달려 있습니다.

『좋은 기업을 넘어 위대한 기업으로』의 저자
짐 콜린스는 말했습니다.
"인생의 궁극적인 성공이란
당신의 배우자가 해가 갈수록
당신을 더욱 좋아하고 존경하는 것이다."
서로 노력하는 모습을 보일 때
그 사랑이 존경스럽지 않을까요?

결혼이란 밤바다에 구명보트를 타고 노를 저어
앞으로 나아가는 것과 같다고 합니다.
노를 젓고 있는 동안은 뒤를 돌아볼 수 없잖아요.
'똑바로 가야지' 하고 열심히 노를 저었는데,
앞이 안 보이다 보니 뜻하지 않은 곳으로
흘러가기도 합니다.
그래서 앞을 훤히 비춰줄 사람을 찾나 봐요.
지금 내가 잘 가고 있는지 아닌지
나 대신 보고 말해줄 사람을 말입니다.

02 관심

연인에게 꽃다발을 보내세요!
보내는 이유는 나중에 생각하세요

사랑을 '사골 국물'에 비유하기도 합니다.
따뜻하게 데운 국물에는
깊고 부드러운 맛이 담겨 있지만,
식어버린 국물에는
비린 맛에 희뿌연 기름만 둥둥 떠다닐 뿐이지요.
상대의 단점과 상대를 향한 불만을 모조리 걷어내고,
관심과 정성과 열정으로
사랑을 항상 따뜻하게 데워주세요.
따뜻한 말 한마디와 진심어린 스킨십!
사랑은 언제 어디서나 금세 따뜻해집니다.

사마천의 『사기』 '자객열전'에는 이런 말이 있습니다.
'여자는 자기를 좋아해주는 사람을 위해
화장을 하고,
남자는 자기를 알아주는 사람을 위해 죽는다.'
당신의 진가를 알아주는 사람이
당신 인생의 진정한 동반자입니다.

사랑할 때 콩깍지가 필요한 이유를 아나요?
콩깍지가 벗겨질수록 단점이 많이 보인다고 합니다.
콩깍지는 이상한 안경과도 같죠.

돌멩이도 다이아몬드로 보이고,
세상 모든 것이 아름다워 보이죠.
단점이 보인다면 콩깍지 안경을 써보세요.
그리고 나를 오픈하는 일에 당당하세요.
그 사람은 내 단점의 항아리에
사랑을 가득 채워주며 웃음 지을 겁니다.

'유추프라카치아'라는 식물은
누군가 조금이라도 건드리면
시름시름 앓다가 죽어버린다고 합니다.
그런데 신기하게도
오늘 한 번 만진 사람이 내일도 모레도
계속해서 만져주면 죽지 않고 살아난다고 합니다.
당신의 사랑도 마찬가지겠죠?
처음에 그랬듯이 끝까지 관심을 갖고 잘 챙겨주세요.

사랑에도 과목이 있습니다.
수학은 연인과의 만남 횟수를 계산하는 과목이고,
과학은 연인의 행동을 관찰할 때 하는 과목이고,
국어는 연인에게 사랑을 표현하는 과목이지요.
당신은 어떤 과목을 배우고 싶은가요?

애인과의 행복한 스킨십은
상황에 따라 조금씩 다릅니다.
슬퍼할 때는? 가슴으로 안아주고
고민으로 힘들 때는? 어깨를 빌려주며
화났을 때는? 손을 살며시 잡아줍니다.

'자라지 않으면 사랑이 아니다.
키우지 않으면 사랑이 아니다.'
시인 김홍숙의
『그대를 부르고 나면 언제나 목이 마르고』에 나오는
시 '사랑'입니다.
사랑은 홀로 하는 것이 아니라 함께하는 것이고,
돌처럼 그 자리에 멈춰 있는 것이 아니라
자라 움직이는 것이고,
저절로 이루어지는 것이 아니라
노력해야 비로소 얻어지는 것입니다.

상대방에게 완전한 사랑을 주어야 한다는 생각에
사람들은 가끔 부담을 느끼죠.
하지만 사랑을 주는 것은 처음부터 완벽하진 않습니다.
좋은 것을 같이 보거나, 산책하며 대화하는

아주 사소한 행동들을 시작할 때
사랑은 서서히 피어납니다.
나눌 수 있는 관심과 평범한 일상에서부터
사랑은 시작됩니다.

하늘엔 '별'이, 지상엔 '꽃'이 있듯이,
인간에겐 '사랑'이 있습니다.
그 '사랑'을 상대방에게 마음껏 '표현'해주세요.
사랑의 외침은 메아리처럼 나에게 돌아옵니다.

사랑은 머리카락과도 같습니다.
머리카락은 잘라도 다시 자라잖아요.
나의 사랑 역시 잘라도 언제나 또 자라납니다.
그렇게 당신을 사랑합니다.

사랑할 때의 유치함은
연인 사이를 더욱 행복하게 하는 윤활유와 같지만
그 유치함을 잃어버리면 슬픔만 남는다고 합니다.
행복한 사랑을 더욱 키워내기 위해선
웃음이 절로 나오는 유치함을 가져보는 건 어떨까요?

사랑은 심장이라고 합니다.
그래서 떼어내려고 하면 죽을 듯이 아프죠.
맹장이면 얼마나 좋을까요?
힘들 때 떼어내면 그만이니까요.

'암'이 몸속에서 생기지 않는 유일한 부분이
바로 심장이라고 합니다.
암은 어떤 부위의 과잉 성장에 의해
비정상적으로 자라난 덩어리가 차가워지면서
암세포로 발전한다고 합니다.
그런데 늘 피가 들어갔다 나갔다 하는 심장에는
그 활발한 움직임 덕분에
절대 암세포가 생길 수 없다고 합니다.
사랑도 항상 뜨거운 정열과 노력으로 데우세요.
그러면 사랑을 방해하는 암세포는
끼어들 엄두를 내지 못할 거예요.

신은 남자에게 힘센 두 팔과 두 다리를 주었습니다.
힘센 두 팔로 사랑하는 여자를 꽉 안아주고,
힘센 두 다리로 항상 먼저 걸어가
그녀를 위험에서 지키라는 것입니다.

한편, 여자에게는 따뜻한 가슴을 주었습니다.
사랑하는 남자를 가슴 깊이 품어주라는 의미입니다.
사랑하는 여자를 지켜내고,
그러한 남자를 따뜻하게 품어주는 것!
이것이 바로 '사랑'입니다.

남편에게 값진 재산은 사랑하는 아내라고 합니다.
그런데 "남편은 하늘, 아내는 땅이다" 하면서
아내를 무시하죠.
서울의 땅값 굉장히 비싸지요?
아내가 땅이라면 이런 비싼 아내,
귀하고 소중하게 보살펴줘야죠.

이런 말이 있습니다.
'사랑을 알기 전까지 여자는 아직 여자가 아니고,
남자도 아직 남자가 아니다.
사랑은 남녀가 성숙해지기 위한 서로의 필수조건이다.'
당신의 남자가 어린아이처럼 보인다면
당신의 사랑을 채워주세요.

'이해하다'를 뜻하는 영단어 'understand'는

'under'와 'stand'의 합성어로,
'아래에 서다'라는 뜻도 있습니다.
이해는 상대방의 아래에 섰을 때만 할 수 있습니다.
비즈니스 작가 케네스 M.구드는 말했습니다.
"사람을 다루는 비결은
상대방의 입장에 서서 이해하는 것이다."
사상가 노자 또한
'다른 사람 위에 있고자 하는 사람은
그 아래에 있어야 하고,
다른 사람 앞에 서고자 하는 사람은
그 사람 뒤에 서야 하는 법이다'라고 말한 것처럼
이해는 아래 서서 해야 합니다.
어린아이의 눈높이에 서서 세상을 바라본다면
이해는 참 쉬운 일입니다.

혹자는 키스를 이렇게 정의합니다.
'영혼과 영혼이 만난 것,
연인의 입술 위에서 내 영혼을 다 주어도
아깝지 않은 사람이랑만 할 수 있는 것!'
사랑하는 사람이 있다면 애정을 담아 키스를 보내세요.
키스는 상대방의 마음을 사로잡는

가장 강하고 위대한 것입니다.

사랑이란 'me'라고 한 번 말할 때
'you'라고 스무 번 말하는
그 마음이라고 합니다.
내가 좋아하는 짜장면을 한 번 생각할 시간에
그 사람이 좋아하는 스파게티를
스무 번 기억해주세요.
그 사람의 모든 것을 기억해주고 관심을 가져준다면,
사랑도 커지고 행복도 커집니다.

촉감은 인간의 감각 중에서 가장 먼저
발달되는 것이라고 합니다.
엄마의 감촉을 느끼며 마사지를 받은 미숙아가
인큐베이터에서 자란 미숙아보다
성장 속도가 47퍼센트 빨랐다는 연구 결과가 있습니다.
사랑한다면 따뜻한 스킨십으로
그 사랑을 더 크게 키우세요.

사람은 누구나 작은 구멍 하나를 간직하고 있습니다.
그래서 항상 마음 한구석이 텅 빈 것 같고,

그렇게 외로움을 느끼며 살아가는 것이지요.
그 작은 구멍을 메울 유일한 것이
바로 '사랑'이라는 존재입니다.
사랑은 화살이 되어 그 구멍에 꽂히면서
빈틈을 꽉 메우고, 외롭지 않게 만든다고 합니다.
때론 그 화살이 흔들려 마음에 상처를 줄 수도 있습니다.
그러다 작은 틈이 벌어지면 그곳으로
희뿌연 먼지가 쌓일 수도 있습니다.
이래도 사랑일까요?
어항 속의 물고기도 빛과 먹이가 필요하듯,
사랑도 지속적인 관심이 필요합니다.

달리는 차의 가속페달에서 발을 떼면 어떻게 될까요?
속도가 점점 떨어지다가 결국 멈추겠죠?
사랑노 마찬가지입니다.
서로에게 관심을 갖지 않고
사랑의 감정을 표현하지 않는다면
관계가 점점 멀어지다가 결국 끝을 보게 됩니다.
사랑은 보여주는 것입니다!
상대를 향해 뜨거운 사랑을 계속 보여주세요.
사랑이란

상대를 내 안으로 끌어당기는 것이 아닌,
내가 상대의 마음속으로 들어가는 것입니다.
이때 비로소 사랑은 하나가 됩니다.

며느리가 불씨를 꺼뜨리면 집안이 망한다고
여기던 시절이 있었습니다.
며느리는 불씨를 지키기 위해
열심히 부채질을 했습니다.
팔이 떨어져 나가도록,
얼굴에는 온통 그을음이 묻어나도록 말이죠.
사랑도 마찬가지입니다.
불장난은 처음에 확 타오르다가 이내 꺼져버리지만,
진정한 사랑은 불씨가 꺼지지 않도록
온 힘을 다해 부채질을 하여
소중한 불씨를 지켜내는 것입니다.
인연은 하늘이 맺어주는 것이라고 합니다.
그 인연을 끝까지 이어가는 것은
바로 당신의 몫입니다.

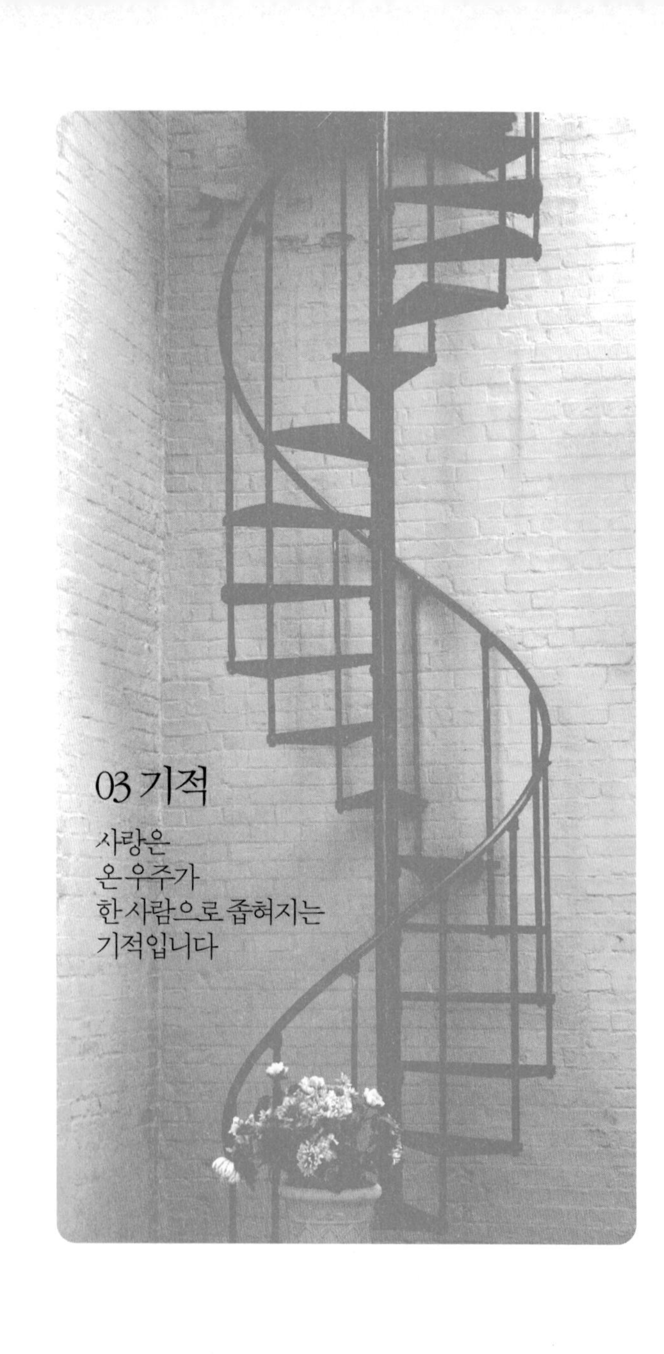

03 기적

사랑은
온 우주가
한 사람으로 좁혀지는
기적입니다

'세상에서 가장 어려운 일은
사람이 사람의 마음을 얻는 일이고
마음은 순간에도
수천수만 가지의 생각이 떠오르는데
그 바람 같은 마음을 잡는다는 건
정말 어려운 일이다.
내가 좋아하는 사람이 나를 좋아하는 건
기적과 같은 일이지.'
작가 문서영의 『소금편지』에 나온 글귀입니다.
우리는 기적이 넘치는 삶을 살고 있어요.

머리부터 가슴까지의 거리는
세상에서 가장 긴 거리라고 합니다.
왜냐하면 논리적인 머리의 생각은
감성적인 가슴까지 가닿질 않으니까요.
머리로 하는 계산적인 사랑보단
따뜻한 가슴으로 하는 이해 가득한 사랑이
둘 사이를 더욱더 끈끈하게 이어줍니다.

영화배우 줄리아 로버츠는 말했습니다.
"사랑은 온 우주가 한 사람으로 좁혀지는 기적이다."

기적 같은 사랑을 꿈꾸나요?

그렇다면 그 사랑을 위해 우주만큼 큰마음으로

그 사람의 모든 모습을 아름답게 바라보세요.

그러면 아침에 자고 일어나서

그이의 퉁퉁 부은 얼굴을 볼 때도

무척이나 예뻐 보일 겁니다.

옛날, 여성들을 혐오하여 평생 독신을

고집한 피그말리온이라는 왕은

아름다운 조각상을 사랑하게 되었습니다.

그의 정성과 기도에 하늘도 감동하여

조각상을 실제 여인으로 만들어주었다고 합니다.

이게 바로 무언가를 간절히 바라면

결국 이뤄진다는 '피그말리온 효과'의 유래입니다.

브라질 소설가 파울로 코엘료의 『연금술사』에도

비슷한 내용이 있죠.

"무언가를 온 마음을 다해 원한다면

반드시 그렇게 되는 거야.

무언가를 바라는 마음은

곧 우주의 바라는 마음으로부터 비롯된 때문이지.

(중략)

자네가 무언가를 간절히 원할 때,

온 우주는 자네의 소망이 실현되도록 도와준다네."
간절히 바라는 것이 사랑이라면,
당신의 사랑도 꼭 이뤄질 거예요.
기대한 대로 사랑은 이루어집니다.

이런 말이 있습니다.
'사랑이 있는 곳의 나물반찬이
사랑이 없는 곳의 고기반찬보다 낫다.'
당신이라면 어느 것을 선택하겠습니까?

04 믿음

누군가를 사랑하는 것은
나 자신에게 주는 가장 큰 선물입니다

이런 말이 있습니다.

'인간은 모두 날개가 하나밖에 없는 천사로 태어난다.

그래서 하늘을 날기 위해선

두 사람이 서로를 꽉 끌어안아야만 한다.'

날갯짓 자체가 삶인 연인들은

서로 믿어야만 날갯짓으로 하늘을 날 수 있죠.

믿음이 깨어지면 날개가 찢어져 떨어질지도 모릅니다.

당신의 그 사람을 믿어주세요.

사랑도 암에 걸립니다.

'의심' 때문이지요.

그러나 100퍼센트 완치할 수 있는 항암제인

'믿음'이 있습니다.

'나만 잘해주는 건 아닌가?

괜히 나만 손해 보는 거 같고,

지금 이렇게 뜨거운데 식으면 어떡하지?'

차가운 머리로 의심하거나 불안해하지 마세요.

뜨거운 가슴이 전하는 대로, 오직 사랑한다는 믿음으로

당신의 존재마저도 기꺼이 그이에게 던져주세요.

내 속은 거침없이 타들어갈지라도

상대의 아름다움을 비추는 촛불이 되어주는 것!

이게 바로 후회하지 않는 완전한 사랑입니다.

시인 정호승의 '연인'이라는 시에 나오는 시구입니다.
'사랑이란 오래 갈수록
처음처럼 그렇게 짜릿짜릿한 게 아니야.
그냥 무덤덤해지면서 그윽해지는 거야.
아무리 좋은 향기도 사라지지 않고 계속 나면
그건 지독한 냄새야.
살짝 사라져야만 진정한 향기야.'
행복한 연인들 사이엔 향기가 납니다.
당신도 그렇죠?

100명의 사람이 모인 가운데
믿음이 있는 단 한 명이 있다면,
그 사람의 힘은
나머지 99명의 힘보다 더 큰 가치를 발휘합니다.
지금 이 순간, 당신이 사랑하는 사람을 믿으세요.
사랑하는 데 이유가 있나요?
깃털처럼 가벼운 의심이
때로는 거친 폭풍우를 일으킬 수도 있습니다.
이와 반대로 상대를 100퍼센트 믿어준다면,

그 사람은 당신을 위해
200퍼센트 이상의 풍성한 사랑을 전해줄 것입니다.

누군가를 사랑하는 것은
내 자신에게 주는 가장 큰 선물이다!
당신은 '사랑'이라는 선물을 받았으니,
이제 '신뢰'라는 선물을 상대에게 줄 차례입니다.
아무리 작은 선물이라도
마음이 담기면 큰 선물이 됩니다.

사랑은 알몸이다?
사랑은 베일에 싸여 있다?
사랑은 알몸인 상태로 모든 걸 보여주는 듯하지만,
끊임없이 감추어 신비를 유지합니다.
마치 맥주에 거품이 있는 것과도 같죠.
맥주 거품은
술이 공기와 만나서 산화되는 걸 막아줍니다.
때로는 맥주의 거품처럼
상대의 단점을 덮어주어야 합니다.
그래도 거품 아래에 있는 알몸의 신비를
감상할 수 있잖아요?

사랑의 신비!

그것은 맥주의 거품처럼

둘 사이를 더욱 부드럽게 해줍니다.

처음부터 모든 것을 눈으로 확인하는 것보다

감추어진 신비를 찾아 서서히 빠져드는 맛도

꽤 짜릿합니다.

사랑의 신비가 사라지면, 쾌락도 끝이 납니다.

신비 속에 감추어진 사랑!

보이는 그대로의 사랑이 더 아름답습니다.

바다에도 눈이 내립니다.

그러나 폭설이 내려도 쌓이지 않습니다.

내리는 즉시 녹아버려서
눈이 내렸다는 사실을 잊게 만듭니다.
당신의 마음속에서 녹아버린
사랑하는 사람의 소중한 마음!
지금도 기억하고 있나요?
흔적 없이 사라져 눈에 보이지는 않습니다.
그러나 소중한 사랑은
언제나 당신의 마음 깊이 자리 잡고 있습니다.

힘들 때 어깨가 되어주고,
언제든 그 사람의 편에서 행동하며,
그 사람이 말을 할 때 판단이 아닌 마음으로 이해해주고,
진정 그 사람을 위해서 사랑을 지키려고 노력하는 것!
그 사람의 있는 그대로를 이해하고
그 사람의 일상이 되어주고
그 사람의 의견이 되어주고
그 사람의 편이 되어주고
그렇게 물들어가는 것!
그게 사랑 아닐까요?

믿어서 사랑하는 것이 아니라 사랑해서 믿는다는 것을

이제야 깨닫게 되었습니다.

“저는 희중 씨에게

방금 저 버스 같은 존재가 되고 싶습니다.

좌회전 신호가 끊어지려 할 때

옆에서 버스가 크게 좌회전하면

거기 묻어서 안전하게 좌회전할 수 있잖아요.”

–영화 〈시라노 ; 연애조작단〉 중에서.

05 변화

지금 이 순간,
당신의 생각이 당신을 바꿉니다

연애를 하다 보면 상대방을 변화시키려고
고집을 피울 때가 있죠.
기독교인들은 이런 기도를 하곤 합니다.
"주님, 제게 가능한 걸 변화시킬 힘을 주시옵고
변화시킬 수 없는 걸 받아들일 용기를 주시옵고
그 둘을 구별할 지혜를 주시옵소서."
때론 있는 그대로를 인정하는 것이
마음 편할 때가 있습니다.

자동차 왕이자 애처가로 유명했던 헨리 포드에게
어떤 기자가 물었답니다.
"다음 세상에 다시 태어난다면 뭐가 되고 싶습니까?"
포드는 이렇게 대답했지요.
"아내와 함께할 수만 있다면
다음 세상에 무엇으로 태어나든 상관없습니다.
사랑하는 사람의 존재만으로도 힘이 납니다."

고(故) 노무현 대통령의 주례사 일부입니다.
"살다 보면 상대방이 내 입맛대로 될 것이라
기대하게 마련입니다.
남자의 경우는

'내가 왕자가 되고 상대는 시녀가 될 것'을,
여자는 반대로
'내가 공주가 되고 상대가 하인이 될 것'을
요구하는 경우가 많습니다.
두 사람 중 한 사람이 왕자고 또 한 사람이 공주라면
그 집에는 시녀도, 하인도 없습니다.
혹시 상대를 시녀나 하인으로 착각해서는
절대 안 될 것입니다.
바꿀 것이 있다면
상대가 아니라 나를 바꿔야 한다는 자세를 가진다면
행복한 결혼의 주인공이 될 수 있습니다."
상대방을 조건이 아닌 '있는 그대로의 사람'으로 본다면
오해하지도 실망하지도 않는 결혼생활이 되겠죠.

'change(변화)'의 g를 c로 바꾸면,
'chance(기회)'가 됩니다.
생각도 마찬가지입니다.
생각을 바꾸면 기회가 생깁니다.

"다른 사람을 바꾸려면 우선 나 먼저 바꿔야 한다.
이 세상이 나아지지 않는 이유는 한 가지 때문이다.

서로가 서로를 변화시키려고만 할 뿐
자신은 변하려고 들지 않기 때문이다."
어느 신학자의 말입니다
연인 사이에서
상대방이 맞춰주었으면 하는 마음이 있지만
정작 나는 바꾸지 못하는 것들이 많죠.
아주 사소한 일부터 실천하는 건 어떨까요?
나의 변화가 상대를 변하게 합니다.

사람이 공포나 두려움을 느낄 때
스트레스 호르몬인 코티졸이 나옵니다.
반면 사람이 웃거나 마음이 즐거울 때
행복 호르몬인 엔도르핀이 나옵니다.
때때로 직장 상사가 짜증나고 미워질 때,
사랑스러운 애인 얼굴을 떠올려보세요.
온몸에 행복 호르몬이 가득찰 것입니다.
생각을 바꾸면 내 모든 것을 바꿀 수 있습니다.
지금, 당신의 생각을 바꾸면
사랑도 색다르게 다가옵니다.
온몸에 행복 호르몬이 넘칠 테니까요.

"사람이 변했다!"라는 말을 들을 때가 있죠.

그러면 '내가 뭘 잘못했나?' 하는 생각이 들곤 합니다.

포도가 발효되어 와인으로 바뀌고,

우유가 발효되어 치즈로 변하는 것처럼

'변했다'는 것은 새로운 '발전'을 의미하기도 합니다.

변화하지 못하는 사람은 마치 한곳에 괸 물과 같습니다.

강물이 흘러 바다로 가듯,

사람은 자신을 과감히 바꿀 필요가 있습니다.

자신의 변화를 절대 두려워하지 마세요.

언젠가 번데기를 벗고

나비처럼 멋지게 날고 있는

당신의 모습을 발견할 겁니다.

06 용기

인생은 긴 쇼와 같고, 사랑은 그 쇼의 클라이맥스입니다

"위험한 모험을 하지 않으면 아무것도 얻을 수 없다!"
모험가 에드먼드 힐러리의 말입니다.
아무도 가지 않는 곳은 두렵습니다.
하지만 세상 사람 누구나 가던 길일 수도 있습니다.
가봐야 오솔길인지 절벽인지 알 수 있습니다.
성공이냐 거절이냐는 고백 후에 알 수 있습니다.
'운명을 너무 두려워하는 자에게는
돌아갈 보상도 적도다.
용기를 내어 부딪치지 않는 사람은
얻지도 잃지도 못하나니.'
고대 그리스 철학자 플루타르코스의 이 말처럼
용기를 갖는 자에게만
사랑이라는 보상을 얻을 수 있습니다.

"고독의 가장 큰 문제는
자신만이 외롭다고 느끼는 것이다."
미국의 실업가 존 록펠러가 한 말입니다.

『탈무드』에는 이런 말이 나옵니다.
'좋은 항아리를 가지고 있으면 그날 안에 사용하라.
내일이 되면 깨질지도 모른다.'

그러므로 좋은 사람을 발견한다면,
그날 안에 바로 고백하세요!

항상 곁에 있어서 너무 편한 사랑은
알아채기 힘들지만,
그 사랑을 알게 되면 고통은 몇 배가 됩니다.
“사랑보다 더 고통스러운 게 어디 있냐?”
영화 〈러브 액츄얼리〉에 나온 대사입니다
괴로운 걸 알면서도 끊지 못하고
시작하는 게 사랑입니다.
어차피 사랑이 괴로움이라면 먼저 고백해보세요!
혹시 그 사람도 당신이 먼저 고백해주기를
기다리고 있을지 모르잖아요.
‘사람의 마음은 낙하산과 같다’는 말이 있습니다.
펴지 않으면 쓸 수 없고
고백하지 않으면 그 마음을 알 수 없습니다.

“누군가 손을 내밀려 할 때 마음을 알아채는 게 중요해.
내민 손을 잡아주지 않는 건 죄악이고
평생 후회하게 될 거야.
지금 여기 이 순간에 찾아오는

인생의 큰 변화와 마주 서야 돼."
영화 〈실버라이닝 플레이북〉에 나오는 대사입니다.
다가오는 사랑 때문에 망설이고 있나요?
행복은 망설이고 주저하면 오지 않아요.
지금 내민 그 손을 잡으세요.
그러면 행복이 당신 곁에,
지금 이 순간에 와 있을 겁니다.

영화배우 캐서린 햅번은 말했습니다.
"사랑은 내가 선택할 수 있는 것이 아니라
그저 내게 다가오는 것이다."
하지만 운명 같은 사랑을 시작하기 위해서는
결단력 있는 용기가 필요합니다.
"인생은 긴 쇼와 같고, 사랑은 그 쇼의 클라이맥스다."
세계적인 팝가수 마돈나의 말입니다.
오늘, 설레게 하는 사랑이 있다면
적극적으로 표현하세요!
망설이는 지금 이 순간에도
당신 인생의 클라이맥스는 점점 막을 내리고 있습니다.

애니메이션 〈포카혼타스〉에 이런 대사가 나옵니다.

"당신을 모르고 100년 사는 것보다는
당신을 알고 지금 죽는 게 더 나아요."
이런 운명적인 사람이 나타났을 때 망설이지 말고,
적극적으로 표현하는 건 어떨까요?
느낌을 감추는 것은 '사랑에 대한 레드카드'입니다.

수컷 펭귄은 자기가 좋아하는 암컷 펭귄에게
세상에서 가장 예쁜 조약돌을 주워서
옆에 살짝 둔다고 합니다.
암컷 펭귄이 그 조약돌을 받아들이면
그 둘은 짝을 지어 평생 사랑하며 살게 됩니다.
당신도 기억하나요?
사랑하는 사람에게 가슴 졸이며 고백했던
그 순간을, 그 설렘을…….
그 느낌을 잊지 마세요.
영원할 순 없는 사랑,
그러나 사랑은 영원하기 위해 노력하는
그 순수함입니다.

그 사람이 날 좋아할까?
나를 받아들일까?

이런 생각에 고백을 주저하고 있진 않나요?
남의 생각을 읽는 건 초능력이고 불가능한 일이죠.
불가능한 초능력 대신 당신의 진심을 말해보세요.
진실한 마음이 새로운 사랑의 시작이 될 테니까요.

"다음에, 이다음에…….
미루지 않고 오늘 사랑하겠습니다.
이 세상도, 나도, 당신도,
지금이 살아갈 날 중에 가장 젊은 날이니까요."
드라마 〈누구세요?〉에 나온 대사입니다.
지금 이 순간,
당신의 가장 젊은 날이 가장 행복한 날입니다.

사랑과 전쟁의 공통점은
어떠한 전략과 전술을 구사하든
이기기만 하면 된다는 것입니다.
칼과 방패, 화살과 총…….
그래도 안 되면 도끼로라도 찍어서
상대를 굴복시켜야 합니다.
혹시 당신의 심장을 멎게 하는 사람이 나타난다면,
주저하지 말고 온몸을 내던져 그 사람을 사랑하세요.

오래 생각하다 보면 '용기'만 없어질 뿐입니다.
지금 바로, 고백하세요!

"사랑할 때는 바보가 되라!"는 말이 있죠?
나 자신을 위함이 아닌 사랑하는 사람을 위해
바보짓을 하는 사람은 정말 멋진 바보입니다.

"남자는 머리이고, 여자는 목이다.
목이 움직이는 방향으로 머리는 돌아가는 법이다."
영화 〈나의 그리스식 웨딩〉에 나온 대사입니다.
세상살이에서 남자보단 여자가 더 현명한 것 같습니다.
여자 말을 들으면 자다가도 떡이 나온다고 하잖아요.
그런 현명한 사람에게 사랑한다는 표현을

오늘 해보세요.

"당신이라서 행복합니다. 당신을 사랑합니다."

'메뚜기는 풀을 갉아먹고, 녹은 쇠를 갉아먹고,
거짓은 영혼을 갉아먹는다.'
이는 러시아의 속담입니다.

사랑하는 사람에게 거짓말한 것이 있다면
거짓말이라는 총알이 당신 가슴에 꽂히기 전에
지금 빨리 실토하는 게 어떨까요?

남자는 태어날 때 한 번,
사랑하는 사람에게 고백하는 순간 두 번,

이렇게 태어납니다.
고백하는 그 순간 진정한 '사나이'가 되는 것이죠.

위험에 부딪치는 것을 두려워하지 마세요!
그것은 용기를 배울 절호의 기회입니다!
찾을 수 없다고 말하며
내 인생에서 사랑의 문을 닫지 마세요!
사랑을 얻는 가장 빠른 길은 주는 것입니다!
이 하나를 꼭 기억하세요!
"인생은 경주가 아니라
그 길을 한 걸음 한 걸음 음미하는 여행입니다."
코카콜라 전 CEO 더글라스 대프트의
신년사 일부입니다.

인생의 승자는
눈에 보이는 진실만을 믿는 사람이 아니라,
거짓을 알면서도
믿어주는 용기를 가진 사람이라고 합니다.
사랑하니까 믿어주는
당신은 진정 용기 있는 사람입니다.

장미의 꽃말은 사랑입니다.
안개꽃의 꽃말은 죽음입니다.
그래서 고백할 때 장미에 안개꽃으로
진심을 담아 전하지요.
"당신을 죽도록 사랑합니다."

사랑이라는 달콤한 꽃을 따기 위해서는
무서운 절벽 끝까지 갈 용기가 있어야 합니다.
그 꽃을 따려고 손을 조금 뻗어보지만
떨어질까 두려워 그만두지만
어쩌면 손 한 뼘, 아주 가까울 수도 있습니다.
그러니 포기하지 마세요.
용기 없는 소심한 사람은 사랑을 절대 얻을 수 없습니다.

이미 누군가를 사랑하고 있다면?
그 사람을 향해 마음을 열고, 입도 여세요.
"정말 멋지다! 무척 예쁘다! 사랑한다!
너 없이는 못살겠다! 평생 네 곁을 지키고 싶다!"
끊임없이 속삭여야 합니다.
사랑은 그렇게 처음부터 마지막 순간까지
그이를 지켜주는 것입니다.

이런 말이 있습니다.
'키스란 사랑을 표현하는 가장 효과적인 웅변술이다.'
가장 행복한 순간이 연인과 키스하는 순간이죠.
키스는 입이 하는 행동 중에 가장 뜨거운 것입니다.

사랑이란 버스가 아닌 택시입니다.
탈까 말까 망설이면 다른 사람이 금방 잡아타니까요.

내가 먼저 전화하라고?
내가 먼저 고백하라고?
헤어지자는데 매달리는 것 같잖아?
내가 왜?
자존심이 있지!
옹졸한 자존심을 지키려고
그렇게 많은 사랑을 떠나보냈나요?
자존심을 버리세요.
그렇지 않으면 후회로 가득한 미련만 남을 테니까요.

아프리카에 살고 있는 '텔마이트'라는 흰개미는
몸에 비해 날개가 너무 커서
아침이 되면 날개가 모두 떨어집니다.

날개가 떨어져버린 후 다시는 날지 못하죠.
사랑보다 자존심이 크면
당신의 사랑은 내일 부러집니다.
자존심은 버리고 자존감을 높이는 게
현명한 사랑 아닐까요?

'고백'이라는 것은 사람을 두려움에 물들게 합니다.
그것은 더 나은 내일을 준비하고 있기 때문이죠.
그렇지만 이별이 두렵다고
마음 여는 것을 포기하지 마세요.
사랑하는 사람을 위한 용기,
사랑하기에 더 간절한 고백!
누군가를 사랑하기에 누릴 수 있는 특권입니다.
지금 당신 곁에 사랑이 다가온다면
용기를 내어 자신 있게 고백하세요.
사랑이 더 가까워집니다.

07 인내

사랑은
한 권의 책입니다

사랑은 결코 연인의 행복을 위해 존재하지 않습니다.
연인들의 고뇌와 인내를 먹고 사랑은 자랍니다.
사랑을 위해서라면
고뇌와 인내쯤은 마땅히 치러야 할 의식입니다.
힘겨워하지 말고 그 의식을 즐겨보세요.
그러면 당신의 사랑이 영원토록 함께할 겁니다.

사랑하는 여자의 손을 처음 잡아보는 순간!
남자가 사랑을 시작할 때 느끼는 최고의 행복입니다.
그러나 이 짜릿한 감동을 느끼기 위해서는
적절한 '타이밍'이 중요합니다.
열 마디의 사랑한다는 말보다
단 한 번의 스킨십이 필요한 순간!
이때가 바로 온 마음을 담아 연인에게 다가갈 시점입니다.
적절한 시기가 올 때까지
참고 기다리는 인내와 지혜가 필요합니다.

선업 스님의 『연』이라는 책에는 이런 내용이 나옵니다.
'연은 부족한 상대를 찾는 과정, 애는 그 과정의 성장,
상대를 찾고 성장하는 게 연애입니다.
인연은 나쁜 인연 좋은 인연이 없습니다.

공(노력)을 들여놓으면 좋은 인연이 되는 것입니다.'
쉽게 만나고 쉽게 헤어지는 인연도 배움의 연속입니다.
그 배움이 조건을 따지는 배움이 아닌,
진정한 사랑의 배움이 돼야겠죠.

'여자는 나이와 함께 아름다워진다.'
시인 신달자가 자신의 에세이에서 한 말입니다.
포도주가 해를 거듭하며 맛있게 익어가듯,
사람도 나이를 먹어가며 완숙미를 더해간다는 의미입니다.
나이를 먹어간다는 것은
인생의 참맛이 풍부해진다는 것 아닐까요?
세상의 빛과 어둠이 빚어낸
달콤하고도 쌉싸름한 포도주처럼!

사랑은 영화 한 편과 같습니다.
어리석은 사람은
처음 몇 분 대충 보다가 지루해지면 곧 포기하지만,
현명한 사람은 인내하며 공을 들여 끝까지 봅니다.
왜냐하면 현명한 사람들은
사랑의 결론을 선불리 짐작할 수 없다는 걸
알고 있으니까요.

남자는 태어나는 게 아니라 만들어진다고 합니다.
사랑하는 사람을 지킨다는 것!
그러기 위해 진정한 남자가 된다는 것!
결국 사랑에는
철부지도 강한 남자로 만드는 힘이 있다는 말입니다.
멋진 남자가 되기 위해선 사랑의 힘이 절실히 필요합니다.
지금, 당신은 진정한 남자입니까?

세 단계를 뛰어넘어야 진정한 사랑을 할 수 있다고 합니다.
가장 먼저 '열정'의 단계가 찾아옵니다.
이를 쉽게 말해 '눈에 콩깍지가 씌었다'고 합니다.
두 번째로 '친밀'의 단계에 들어섭니다.
이때 '정'이 쌓입니다.
마지막으로 '관망'의 단계에 이릅니다.
사랑의 지속성에 관해 서로 가늠해봅니다.
그러면서 서로 싸움과 화해를 거듭합니다.
또 서로 이해하는 법도 배웁니다.
이 세 단계를 거쳐야만
비로소 현명한 사랑을 맛볼 수 있습니다.

08 진정성

진실한 당신은
충분히 사랑받을 자격이 있으니까요

'연애란 마음으로부터 마음에 이르는
가장 가까운 지름길'이라는 말이 있습니다.
연애 초보든 고수든 진실한 마음으로
달리게 되면 그 마음은 이어지게 마련이죠.
멈추지 마세요.
사랑받을 자격은 당신의 진실한 마음에 달려 있습니다.

진정한 매력이란 바로 '자신만의 고유한 색깔'입니다.
외모가 출중하고, 패션 감각이 뛰어나다고 해도
그 속에 자신만의 '진심'이 없다면
더 이상 매력을 느낄 수 없습니다.
지금, 사랑하는 사람을 지긋이 바라보세요.
어떤 명품 화장품과 옷보다도
당신의 마음을 차분하게 해주는
'내 사람만의 색깔'을 찾았나요?
당신의 눈과 마음이 기억하는 그 색깔!
바로 당신이 찾은 진정한 사랑입니다.

"영혼의 진동 없는 만남은 한때의 마주침일 뿐이다."
법정 스님의 말입니다.
물질은 변합니다.

변하지 않는 것은 사람입니다.
진정성이 있는 사랑을 하세요.

사랑은 어린 새싹과 같아서
처음에는 '양심'이 뭔지도 모르고 자랍니다.
그러나 어느 정도 성장을 하면,
그 사랑은 '양심'의 열매를 맺습니다.
걷잡을 수 없이 사랑의 감정이 커지고 있나요?
거짓이 아닌, 양심으로 진정한 사랑을 이루세요.

가치부전(假癡不癲)!
『손자병법』의 '36'계에 나오는 전략입니다.
평소에 순진하고 어리석은 모습으로
자신을 철저히 감춘 채 상대를 속이다가
기회다 싶으면
단번에 상대의 약점을 찔러 제압하는 전략입니다.
사랑에도 이 전략이 필요합니다.
가장 위대한 승리는 사랑하는 사람의 마음을
사로잡는 것이라고 합니다.
소소한 것에 휘둘리지 말고,
순진하고 자상한 모습을 한껏 보여주다가,

결정적인 순간에 깊은 감동을 준다면
멋진 사랑이 아름답게 다가올 겁니다.

“공을 향해 배트를 휘두르는 것은
무모한 짓이다.
진정 훌륭한 야구 선수가 되고 싶다면
투수의 마음을 향해 배트를 힘껏 휘둘러라.”
미국의 유명한 야구 감독이 선수들에게 한 말입니다.
인생의 진정한 실력자는
상대의 마음을 읽는 사람입니다.
상대의 마음을 헤아려
그이의 상황에 맞게 원하는 것을 해준다면,
상대가 얼마나 만족스러워할까요?
상대가 무엇을 원하는지, 그것부터 파악하세요.
그러면 이제, 당신은
상대의 마음을 향해 홈런을 날릴 수 있습니다.

09 처음처럼

사랑이란
한 사람을 등에 업고
평생 걸어가는 것

무척 정열적으로 사랑하는 80대 부부가 있었습니다.

사람들은 그들의 사랑에 강한 의문을 품었습니다.

"젊은이들처럼 그토록 뜨겁게 사랑하는

비결이 뭔가요?"

할아버지는 빙그레 웃으며 이렇게 말했습니다.

"아침에 눈을 떠 할망구를 바라볼 때마다

'오늘 처음 만난 여자다'라고 생각하면

항상 가슴이 떨린다니까."

이게 80대 노부부가 실천하는 사랑의 비결이었습니다.

어찌 보면 가장 쉽기도 하고,

가장 어렵기도 한 방법이죠?

늘 처음처럼 사랑하고,

늘 처음처럼 서로를 아껴준다는 것!

그렇게만 한다면

사랑은 언제나 뜨겁게 불타오를 겁니다.

여자의 애교는 사랑하는 남자의 가슴을 녹입니다.

그러나 이미 식어버린 남자의 마음을

녹이지는 못합니다.

식었다는 것은 싫증이 났다는 것이고,

싫증이 났다는 것은

상대가 만족스럽지 못하다는 뜻이겠죠.
사랑하는 그녀에게 지나친 기대를 갖지 마세요.
남과 비교하지 말고 보이는 그대로 그녀를 사랑하세요.
처음 만났을 때 가슴 떨리던 순간을 생각해보면
그녀의 어떤 행동도 사랑스럽게 다가옵니다.

사랑하는 사람을 만나면 가슴이 두근거립니다.
이를 두고 심리학자들이
아주 재미있는 실험을 했습니다.
높은 절벽을 이은 다리에 남자들을 건너가게 하고
여자와 마주치게 했습니다.
남자들은 처음 마주친 여자를 바라보며
심박수가 상승하기 시작했습니다.
이것은 높은 곳에서 상대 여성에 대한
호감도가 빠르게 증가했다는 것을 의미합니다.
영화 〈시애틀의 잠 못 이루는 밤〉에서도
톰 행크스와 맥 라이언이 높은 빌딩에서 만납니다.
올해 안으로 진정한 사랑을 찾고 싶나요?
그렇다면 산도 좋고, 빌딩도 좋습니다.
높은 곳으로 달려가세요.

어떤 먼 거리도,
어떤 험한 장애도
초월해서 함께 느끼는 것

『탈무드』에 이런 구절이 있습니다.
'하나님이
최초의 여자를 남자의 머리로 만들지 않았던 것은
남자를 지배해서는 안 되기 때문이다.
그리고 발로 만들지 않았던 것도
그의 노예가 되어서는 안 되기 때문이다.
바로 그의 늑골로 그녀를 만든 것은,
그녀가 언제나 그의 가슴 가까이에
있도록 하기 위해서이다!'

"동등하지 않은 관계를 동등하게 만드는 건
사랑밖에 없다."
덴마크 철학자 키르케고르의 말입니다.
너무 깡마른 사람과
정말 뚱뚱한 사람이 함께할 수 있고,
무식한 사람과 유식한 사람도
사랑으로 함께할 수 있습니다.
이제는 조건 따지지 말고 정열적으로
사랑이라는 연못에 빠져보는 건 어떨까요?

세기의 미녀 마릴린 먼로가 이렇게 말했습니다.

"어렸을 때는
지나가는 사람들이 모두 날 봐주길 바랐어요.
하지만 지금은 오직 한 사람만 날 바라봐주길 원해요.
그것이 사랑이라고 믿기 때문이죠."
사람에게 심장은 하나뿐입니다.
그래서 한 사람만 바라볼 수 있습니다.
"사랑하는 여자는 하늘과 같고,
사랑하는 남자는 바다와 같다.
그래서 남녀 사이에는
위와 아래의 한계점을 느끼지 못한다."
미국의 어느 유명한 시인의 말입니다.
하늘과 바다가 맞닿은 사랑!
지금 누군가를 사랑한다면,
이런 멋진 연애를 시작해보세요.

문득 아름다운 것과 마주쳤을 때,
'지금 곁에 있으면 얼마나 좋을까?' 하고
떠오르는 사람이 있다면
지금 당신은 사랑을 하고 있는 겁니다.

이런 말이 있습니다.

'남자를 낙원에서 끌어낸 것도,
남자를 다시 낙원으로 보내줄 수 있는 것도
여자뿐이다.'
당신과 함께하는 모든 곳은 이 세상 최고의 낙원입니다!
집도 좋고, 호텔도 좋고, 사막도 좋습니다.

한쪽밖에 없는 장갑 두 짝,
항상 같은 길을 가지만 만날 수 없는 평행선,
같은 극끼리는 서로 밀어내기만 하는 자석…….
이처럼 세상에는
똑같아서 멀어질 수밖에 없는 것들이 있습니다.
서로 같은 사람이 만나면 사랑이 깊어질까요?
서로 다른 사람이 만나 부족한 부분을 채워줄 때,
비로소 사랑은 하나로 완성됩니다.

형제자매는 뜨거운 피를 함께 나눈 사이입니다.
연인은 뜨거운 심장을 함께 나눈 사이입니다.
하지만 친구와는 나눈 게 하나도 없습니다.
그래도 언제나 나를 위해 뜨거운 눈물을 흘려줍니다.

프랑스의 소설가 앙드레 모루아는 말했습니다.

"한 번의 눈짓, 한 번의 악수에도
곧 원기를 회복하는 것이
연애를 하고 있는 남녀다."
그래서 사랑하는 사람끼리는 서로 얼굴만 쳐다봐도
배가 부른 거 같습니다.

음식에 소금을 넣으면 맛있게 먹을 수 있지만,
소금에 음식을 넣는다면
너무 짜서 그 음식을 도저히 먹을 수 없습니다.
사랑도 이와 같습니다.
사랑과 욕망!
어떻게 섞어야 맛깔스러울까요?
사랑이라는 음식에
약간의 욕망은 아주 훌륭한 양념이 됩니다.

그러나 욕망이라는 음식에 사랑을 넣는다면
결국 부패되어 그 음식을 버려야 할 수도 있습니다.
서로 마주보고 사랑에 욕망을 조금 섞는다면
진정한 사랑을 영원히 간직할 수 있지 않을까요?

항상 망설이다가 말을 하고,
말을 한 뒤엔 가슴 졸이고,
그러다 상대가 내 마음을 받아주면 행복해집니다.
바로 '사과'와 '고백'의 공통점입니다.
사랑하는 사람이
"정말 미안해. 내가 잘못했어" 하고 말한다면,
더 이상 얼굴 붉히지 말고 따뜻하게 안아주세요.
"정말 사랑해. 나도 끝까지 널 지켜줄 거야" 하면서…….

인생에서 가장 귀중한 재산은
매사에 깊게 생각하고 나에게 헌신하는 친구입니다.
지금 당장, 사랑하는 사람을 위해
세심하고 헌신적인 친구로 다가가세요.
그러면 상대는 당신을 이 세상에서
가장 귀중한 재산으로 생각할 겁니다.

42.195킬로미터를 달리는 마라톤 경기!
우승자에게는 자신만의 노하우가 분명히 있습니다.
처음부터 1위로 달리지 않습니다.
2위 그룹에서 상대를 견제하며 페이스를 조절합니다.
그러다가 마지막 순간에 온 힘을 발휘해
1위로 치고 나아갑니다.
사랑은 평생 달려야 하는 레이스입니다.
멀리 보고 같이 달려야 하기에
초반부터 힘을 뺄 필요가 없습니다.
어차피 사랑에는 '공동 1위'만 존재하니까요.

불은 음식을 만들기 위해 필요하지만,
술은 사랑을 달구기 위해 필요합니다.
사랑의 술자리는 항상 두 사람이 시작하고,
이별의 술자리는 언제나 홀로 외롭게 마무리합니다.
사랑하는 사람과 함께 술을 마실 때는 그것이 꿀이지만,
이별 후 혼자 마시는 술은 독이 되어
아픈 마음을 더 긁어댑니다.
지금, 당신은 꿀을 마시고 있나요?
아니면 독을 마시고 있나요?

지금, 당신은 사랑하는 사람과 멀리 떨어져 있나요?
그래도 서로 같은 생각을 하고 있다면,
그것은 '사랑'입니다.
진정한 사랑은 멀리 떨어져 있어도,
어떠한 고난과 역경이 다가와도,
그것을 함께하고 극복합니다.
지금, 당신은 사랑을 느끼고 있나요?

외눈박이 물고기로 알려진 비목어는
서로의 눈으로 세상을 바라봅니다.
눈이 한쪽으로 몰려 있으니
두 마리가 항상 붙어 다닙니다.
이들에게 사랑이란 곧 삶이지요.
오직 한 사람에게 완전히 눈이 멀고,
오직 한 사람에게 찬란한 빛이 되고,
오직 한 사람에게 자신을 맡긴 사랑!
이게 바로 비목어의 사랑입니다.

11 행복

사랑은
주는 사람도,
받는 사람도 행복해지는
마법입니다

프랑스의 소설가 스탕달이 이런 말을 했습니다.
'사랑에는 한 가지 법칙밖에 없다. 그것은
사랑하는 사람을 행복하게 만드는 것이다.'
사랑은 주는 사람도, 받는 사람도 행복해지는
마법입니다.

'사랑은 우연에 기대지 않는 유일한 행복이다.'
러시아 소설가 톨스토이의 사랑에 대한 정의입니다.
사랑은 우연히 찾아오지 않습니다.
아직도 운명 같은 사랑을 기대하나요?
끊임없이 노력하고 쟁취할 때,
비로소 당신은 사랑을 얻어 행복하게 웃을 수 있습니다.

프랑스 소설가 빅토르 위고는 이렇게 말했습니다.
'사랑받고 있다는 확신이 선다면,
당신은 인생에서 누릴
최고의 행복을 만끽하고 있는 것이다.'
당신은 이미 최고의 행복을 선물로 받았습니다.
이제, 그 행복을 사랑하는 사람에게 전해야 할 때입니다.
'세상에 있는 단 하나의 마술,
단 하나의 힘,

단 하나의 행복!
우리는 그것을 사랑이라고 부른다.'
독일 소설가 헤르만 헤세의 말입니다.
사랑은 어린아이와 같아서
항상 다독이고, 달래줘야 합니다.
연인의 부족함이나 잘못을 들추어 질책하기보다는
아이를 대하는 부모의 마음으로
항상 용서하고 감싸줘야겠죠.
이런 말이 있습니다.
'사랑하는 사람에게 선물을 할 때는
이유를 생각하지 말라.'
아무런 이유 없이 모든 걸 아낌없이 주는 게 사랑입니다.

'당신이어서 고맙습니다.'
이는 북미 인디언 세네카 족의 인사말입니다.
당신의 인연인 상대방은 존재만으로도
당신에게 비타민이 되지 않을까요?
지금 소중한 그 사람에게 이 말을
문자메시지로 보내보세요.
'당신이어서 고맙습니다.'

이런 말이 있습니다.
"사람은 누구나 '행복'이라는 상품을 제조할
재료와 노하우를 갖고 있다."
그러나 많은 이가 스스로 만들지 않고,
이미 만들어진 행복만을 찾아 헤매고 있습니다.
행복을 파는 곳은 세상 어디에도 없습니다.
사랑하는 사람과 함께
지금 당장이라도 만들 수 있는 것이 바로 '행복'입니다.
사랑하는 사람을 바라보세요.
그리고 따뜻한 손을 꼭 잡아주세요.
지금 이 순간, 당신은 가장 행복한 사람입니다.

그동안 살아오면서 받은 축복을 세어보는 것!
이 세상에서 가장 어려운 수학 문제 아닐까요?
그중에서도
사랑하는 사람에게 받은 축복을 세어본다는 것!
미분이나 적분보다 훨씬 어려운 수학 문제일 겁니다.
사랑하는 사람이 조금만 마음에 안 들어도
그동안 받은 축복을 까맣게 잊게 마련입니다.
다시 한 번 떠올려보세요.
'이 사람과 사랑을 나누며
내가 얼마나 행복한 사람이었는지!'
지금 사랑하는 사람과 같이 있다는 것만으로도
당신은 축복받은 사람입니다.

사랑한다는 것은 바닷물을 마시는 것과 같습니다.
바닷물을 마시면 처음에는 시원하겠지만,
시간이 지나면서 갈증은 더욱 심해집니다.
타는 목마름!
사랑이란 그런 것입니다.
그래도 누군가를 사랑해보는 게
더 행복한 일 아닐까요?

PART 3
당신 잘못이 아닙니다

집착과 갈애, 선업과 악업, 깨달음과 무명이
모두 본디 공허할 뿐
태어날 때부터 깨달음은 당신 안에 있습니다.
다만, 잊었을 뿐…….
-영화 〈인류멸망보고서〉 중에서.

살아가는 이유를 아는 사람은
그 어떤 시련도 견딜 수 있습니다.
당신이 지금 겪는 시련도
이 세상을 살아가는 이유죠.
그러니 버틸 수 있습니다.
힘내세요!

01 가족

우리에겐
죽을 때까지 내 편인
가족이 있습니다

가족의 영단어 'FAMILY'는
'아버지, 어머니, 나는 당신을 사랑합니다'를 의미하는
'Father And Mother, I Love You'의
앞 글자들을 합친 말이라고 합니다.
세상에서 가장 끈끈한 줄로 엮인 인연이
바로 가족입니다.
세상 사람 모두가 돌아서도
언제나 내 곁에 있어주는 가족 덕분에
오늘도 행복합니다.

교통사고로 두 눈을 잃은 청년에게
안구 기증을 하겠다는 익명의 사람이 나타났습니다.
수술 후 눈을 떠보니, 보이는 기쁨도 잠시,
한쪽 눈에 붕대를 감은 어머니가 말했습니다.
"두 눈을 다 주고 싶었지만,
그러면 네게 짐만 될까 봐 그러지 못했구나!"
청년은 아무 말도 못한 채 하염없이 눈물만 흘렸습니다.
가진 것을 다 주고도 더 주지 못해 안타까워하는 이들이
바로 우리의 부모님입니다.

드라마 〈누구세요?〉에 이런 대사가 나옵니다.

"다리가 아프면 멈춰서는 거고,
못 걷겠으면 주저앉는 거고,
주저앉아서 있다 보면,
누군가 부축해줄 사람이 나타나는 거고.
그래, 임마! 그렇게 사는 거야."
힘이 들 때 손을 내밀면 잡아줄 사람이 나타납니다.
세상에 나 혼자밖에 없다고 생각했을 때
누군가 옆에서 응원해주는 사람이 있습니다.
그토록 힘든 일을 해도 견딜 수 있는 까닭은
바로 가족이 있기 때문입니다.

헤밍웨이의 단편소설 「세계의 수도」에
이런 이야기가 있습니다.
스페인의 한 아버지가
가출하여 마드리드로 간 아들과
화해하기로 다짐합니다.
아버지는 뒤늦게 양심에 가책을 느끼며
엘리베랄 신문에 이런 광고를 냅니다.
'파코, 화요일 정오에 몬타나 호텔에서 만나자.
다 용서했다. 아빠.'
파코는 스페인에서 흔한 이름입니다.

아버지가 그곳에 나가자
파코라는 이름의 젊은 남자가 무려 800명이나 나와서
아버지를 기다리고 있었습니다.

"자식은 맛난 것을 먹고 배불러 하고
부모는 먹는 것을 보고 배불러 합니다.
자식은 제 몸에 탈이 나서 아파하고
부모는 대신 아파 줄 수 없어 아파합니다.
자식은 자기 잘될 꿈을 꾸고
부모는 자식 잘되기를 꿈꿉니다.
당신의 행복을 덜어 자식의 행복을 채우신
우리의 아버지, 어머니."
이는 한국주택금융공사의 광고 일부입니다.

자녀를 열 명이나 둔 어머니가 있습니다.
"아이들이 열 명이나 되는데,
사랑을 어떻게 나눠주십니까?"
누군가의 물음에 어머니는 이렇게 답했습니다.
"사랑은 절대 나눌 수 없는 것이랍니다.
다만, 곱해질 뿐이지요."
이게 바로 자식에 대한 부모님의 사랑입니다.

부모님을 향한 효도!
당신은 지금 어떻게 실천하고 있나요?

병아리는 수탉의 가르침대로 노래를 한다고 합니다.
부모의 가르침에 따라
자식의 인생이 바뀔 수도 있습니다.
지금, 부모님께 꾸중을 들어 억울하고 속이 상하나요?
'혹시 나를 입양한 거 아닌가!' 하고 의심하고 있나요?
절대 잊지 마세요!
부모님은 오른손으로 혼을 내고,
왼손으로 자식의 등을 다독여줍니다.

어느 연구팀의 자료에 의하면
사람이 자살하고 싶다는 생각을 하는 건
열 살부터라고 합니다.
미국의 어느 마을에서 일곱 살짜리 여자아이가
달리는 열차에 몸을 던져 자살한 사건이 일어났습니다.
그 끔찍한 사건을 바라보며
모두가 그 아이의 부모를 욕했지요.
사실, 그 아이에겐 앓아누운 엄마가 있었습니다.
그 엄마 옆에는 삐뚤삐뚤한 글씨가 적힌

작은 쪽지가 있었습니다.
'수호천사가 되어 엄마 옆에서 매일 간호해줄게.'

누구나 부모님을 공경합니다.
그러나 부모님을 사랑한다는 것은
결코 쉽지 않은 일입니다.
연인과 식사를 하는 만큼 부모님과 식사를 자주 하나요?
연인의 고민을 들어주고 그 고통을 해결해주면서
부모님이 무엇 때문에 힘겨워하는지는 알고 있나요?
남몰래 흘리는 부모님의 눈물을 본 적이 있나요?
고대 그리스의 철학자 소크라테스는 말했습니다.
"네 자식들이 해주기 바라는 것과 똑같이
네 부모에게 행하라!"
연인에게 시도 때도 없이 속삭이는 그 한마디!
쑥스러워 부모님께 차마 꺼내지 못했던 그 한마디!
오늘만큼은 용기를 내어 해보세요.
"어머니, 아버지! 정말 사랑합니다.
부모님의 사랑으로
제가 이만큼 행복을 누리며 살고 있습니다!"

"나중에 돈 많이 벌면 호강시켜 드릴게요."

자식들이 부모님께 하는 거짓말 1위입니다.
부모님과의 만남을
당신은 자연의 섭리라고 단순히 생각하지만,
부모님에게는 당신이 '신의 선물'일 것입니다.
돌아가신 뒤 특급 호텔에서 또는 유명 콘도에서
상다리가 부서지도록 제사상 차려드리려고 하지 말고,
부모님 살아 계신 지금 자주 전화하고,
자주 찾아뵙도록 하세요.
그게 진정한 효도입니다.

이 세상의 모든 사람은 행복한 존재입니다.
그들에게는 사랑하는 부모님이 있습니다.
그러나 이 세상 모든 사람은 불행한 존재입니다.
그들은 부모님을 제대로 사랑하는 방법을 모릅니다.
세월은 가고, 부모님은 늙고 병들어
우리 곁을 영원히 떠나갑니다.
세월과 함께 부모님이 떠나신 뒤 후회해봐야
아무 소용이 없습니다.
그땐, 더 이상 부모님을 사랑할 수 없으니까요!

이야기 하나

외국의 어느 자전거 경매장에서 있었던 일입니다.

그날따라 많은 사람이 찾아와 저마다 좋은 자전거를 적당한 값에 사려고 안달했습니다. 그런데 어른들이 주 고객인 그 경매장 맨 앞자리에 한 소년이 앉아 있었고, 소년의 손에는 5달러짜리 지폐 한 장이 들려 있었습니다.

드디어 경매가 시작되었고, 소년은 볼 것도 없다는 듯 제일 먼저 손을 번쩍 들고 "5달러요!" 하고 외쳤습니다. 그러나 곧 누군가 "20달러!" 하고 외쳤고, 그 20달러를 부른 사람에게 첫 번째 자전거가 낙찰되었습니다.

두 번째, 세 번째, 네 번째도 마찬가지였습니다. 5달러는 어림도 없이 15달러나 20달러, 어떤 것은 그 이상의 가격에 팔려나갔습니다.

보다 못한 경매사는 안타까운 마음에 소년에게 슬쩍 말했습니다.

"꼬마야, 자전거를 가지고 싶거든 20달러나 30달러쯤 값을 부르거라."

"하지만 아저씨, 제가 가진 돈이라곤 이것뿐이에요."
"그 돈으론 절대로 자전거를 살 수 없단다. 가서 부모님께 돈을 더 달라고 하렴."
"안 돼요. 우리 아빤 실직했고, 엄만 아파서 돈을 보태주실 수가 없어요. 하나밖에 없는 동생한테 꼭 자전거를 사 가겠다고 약속했단 말이에요."
소년은 아쉬운 듯 고개를 떨어뜨렸습니다. 경매는 계속되었고 소년은 자전거를 사지 못했습니다. 하지만 여전히 제일 먼저 5달러를 외쳤고, 어느새 주변 사람들이 하나둘 소년을 주목하게 되었습니다.
드디어 그날의 마지막 자전거. 그 자전거는 그날 나온 상품 중 가장 좋았기에 많은 사람이 노리는 것이었습니다.
"자, 최종 경매에 들어갑니다. 이 상품을 사실 분은 값을 불러주십시오."
경매가 시작되었습니다. 소년은 풀 죽은 얼굴로 앉아 있었지만 역시 손을 들고 5달러를 외쳤습니다. 아주 힘없

고 작은 목소리였습니다.

순간 경매가 모두 끝난 듯 경매장 안이 조용해졌습니다. 아무도 다른 값을 부르지 않는 것이었습니다.

“5달러요. 더 없습니까? 다섯을 셀 동안 아무도 없으면 이 자전거는 어린 신사의 것이 됩니다.”

사람들은 모두 팔짱을 낀 채 경매사와 소년을 주목했습니다.

“와아!”

마침내 소년에게 자전거가 낙찰되었다는 경매사의 말이 떨어졌고, 소년은 손에 쥔 꼬깃꼬깃한 5달러짜리 지폐 한 장을 경매사 앞에 내놓았습니다. 순간 그곳에 모인 사람 모두가 자리에서 일어나 소년을 향해 일제히 박수를 쳐주었습니다.

훗날 이 자전거를 받게 된 동생은 형의 마음을 알았는지 비가 오나 눈이 오나 자전거를 탔다고 합니다. 이 동생이 바로 사이클의 황제 랜스 암스트롱입니다.

02 행동

구르는 돌에는
이끼가 끼지 않습니다

"우리 인생은 참으로 기묘하다.
어린애들은 '내가 청년이 되면'이라고 말한다.
청년들은 '내가 어른이 되면'이라고 말하며,
어른이 되면 '내가 결혼하면'이라고 말한다.
다음에는 '은퇴하면'이라는
회한에 찬 말을 꺼내기 시작할 것이다.
그러다가 결국 은퇴하고 나면,
이미 지나가버린 자신의 모습을 그저 되돌아본다."
캐나다 작가 스티븐 리콕이 한 말입니다.
'오늘 할 일을 내일로 미루지 말라'는 말처럼
생각나는 일이 있으면
메모하는 습관으로 당장 시작하는 건 어떨까요?
작은 행동이 모여 큰 결과를 낳습니다.

"경험이란 수업료가 비싼 학교인데도
바보들은 그 안에서 아무것도 배우지 못한다."
미국 정치가 벤저민 프랭클린의 말입니다.
19세기를 풍미했던 작가 존 휘티어는 말했습니다.
"혀와 펜이 만들어낸 모든 말과 글 중 가장 슬픈 것은
바로 '그랬더라면 좋았을 텐데'이다."
지난 일을 아무리 처절히 후회해봤자

돌이킬 수 없습니다.
후회하지 않는 방법은
지금 이 순간에 최선을 다하는 것입니다.

"삶이란 우리의 인생 앞에
어떤 일이 생기느냐에 따라 결정되는 것이 아니라
우리가 어떤 태도를 취하느냐에 따라 결정되는 것이다."
존 호머 밀스의 말입니다.
어떤 경험과 도전으로
우리의 인생이 달라질 수 있습니다.
'기회가 문을 두드리지 않거든
문을 새로 만들어라'는 말처럼
기회는 올 때까지 기다리는 게 아닙니다.

영화 〈바닐라 스카이〉에는 이런 대사가 나옵니다.
"1분마다 인생을 바꿀 기회가 찾아온다."

"어리석은 걸 감사하라.
만일 사람이 젊었을 때
어리석은 행동으로 창피를 경험하지 않으면,
나이가 들어서도 여전히

똑같은 바보짓을 하고 다니기 때문이다."
영국 시인 제프리 초서의 말입니다.

혜민 스님의 저서 『멈추면 비로소 보이는 것들』에는
이런 말이 있습니다.
'세상엔 완벽한 준비란 없습니다.
삶은 어차피 모험이고 그 모험을 통해
내 영혼이 성숙해지는 학교입니다.
물론 심사숙고해서 결정해야 하겠지만
백 퍼센트 확신이 설 때까지 기다렸다
길을 나서겠다고 하면 너무 늦어요.
설사 실패를 한다 해도
실패만큼 좋은 삶의 선생님은 없습니다.'
실패할까 두려울 때가 있죠?
그래도 하지 않고 후회하는 것보다 백배는 낫습니다.
지금 생각하고 있는 것을 밖으로 꺼내보세요.

'그대가 원하는 것이 있다면
칼로 위협하여 얻으려 하지 말고
밝은 미소로 성취하라.'
'도둑을 맞고도 싱글벙글 웃는 사람은

도둑으로부터 다시 빼앗을 수 있는 사람이다.'
셰익스피어의 명언이죠.

짜장면을 먹을까, 짬뽕을 먹을까?
고민하다가 결국 짬뽕을 먹는다면,
먹는 내내 짜장면 생각이 지워지지 않습니다.
남이 먹는 짜장면이 맛있어 보이죠.
선택은 둘 중 하나를 고르는 게 아니라
덜 좋은 것을 먼저 버리고,
남은 하나를 취하는 것입니다.
자신이 선택한 것은 즐기고,
버린 것에 대해서는 후회를 하지 않는 것!
이게 바로 인생에서 할 수 있는 최고의 선택입니다.

『탈무드』에 이런 말이 나옵니다.
'거짓말쟁이에게 주어지는 최대의 벌은
그가 진실을 말했을 때도 사람들이 믿지 않는 것이다!'

이런 말이 있습니다.
'한 가지 거짓말을 하기 위해서는
스물다섯 가지의 다른 거짓말을 만들어야 한다.'

즉, 거짓말이 또 다른 거짓말을 낳는다는 얘기죠.
그러나 단 하나, '사랑합니다'라는 말은
거짓말이어도 좋을 것 같습니다.

여행의 즐거움은 목적지에 도착하는 것이 아닙니다.
여행하는 과정에서 누리는 즐거움이
진정한 행복인 것입니다.
인생도 여행입니다.
빨리 출발해서 조금 늦게 도착할 수도 있고,
늦게 출발해서 조금 빨리 도착할 수도 있습니다.
인생에서 진정한 승자는
삶의 과정 속에서 행복을 찾는다고 합니다.

생각은 인생의 소금이라고 합니다.
음식을 할 때 소금으로 간을 맞추듯,
행동할 때 반드시 생각을 먼저 해야 한다는 말입니다.
그러나 음식에 소금을 너무 많이 넣으면
음식의 참맛을 느낄 수 없듯,
생각만 하다가 시간을 보내면
인생의 가치를 찾을 수가 없답니다.
생각도 적당히, 행동도 적절히!

인생에서 모범 답안이란 없으니까요.

스스로 알을 깨고 나오면 병아리가 되지만,
남이 깨주면 계란 프라이밖에 안 됩니다.
'구르는 돌에는 이끼가 끼지 않는다'는 속담처럼
스스로 부딪쳐 경험하고 도전하세요.
그러면 커다란 영광을 얻을 겁니다.

이야기 하나

전도유망한 두 세일즈맨이 아프리카에 신발 수출이 가능한지 알아보려고 비행기를 타고 날아갔습니다. 현지인들은 맨발로 살고 있었습니다.

두 사람은 오랫동안 타깃 지역을 답사한 뒤에 각각 본사로 보고서를 보냈습니다.

한 사람의 보고서에는 사실 그대로의 내용이 적혀 있었습니다.

'전원 맨발로 다니고 있음. 이 지역은 신발이 필요 없는 곳임. 수출 가능성이 없음.'

지극히 당연한 내용이었습니다.

하지만 다른 한 사람의 보고서 내용은 앞사람의 것과는 판이하게 달랐습니다.

'전원 맨발로 다니고 있음. 이 지역은 무궁무진한 잠재시장임. 수출 가능성 100퍼센트임.'

03 꿈

마음에 꿈이 있다면
그래선 안 됩니다

드라마 〈베토벤 바이러스〉 중

기억에 남는 명대사가 있습니다.

"꿈? 그게 어떻게 네 꿈이야? 움직이질 않는데.

그건 별이지. 하늘에 떠 있는, 가질 수도 없는

시도조차 못하는 별. 쳐다만 봐야 하는 별.

누가 지금 황당무계 별나라 얘기하재?

네가 뭔갈 해야 될 거 아니야?

조금이라도 부딪치고 애를 쓰고

하다못해 계획이라도 세워봐야

거기에 네 냄새든 색깔이든 발라질 거 아니야!

그래야 네 꿈이다 말할 수 있는 거지!

아무거나 갖다 붙이면 다 네 꿈이야?

그렇게 쉬운 거면

의사, 박사, 변호사, 판사 몽땅 다 네 꿈 하지.

왜? 꿈을 이루란 소리가 아니야.

꾸기라도 해보라는 거야."

남한테 말하면 웃을까 봐 혹은 지금 하는 일 때문에

꿈을 꺼내보지도 못한 당신, 첫 삽이라도 떠보세요.

계획도 세워보고, 시도를 해본다면

이미 끝까지 가 있을 자신을 보게 됩니다.

미국 교육학자 레오 F. 버스카글리아는 말했습니다.
"인간이 성취한 가장 위대한 꿈은
이전에 '불가능'이라고 불렸었다."
세계적인 극작가 조지 버나드 쇼는 말했습니다.
"당신은 존재하는 것들을 보고 '왜?'냐고 묻지만,
나는 결코 없었던 것을 꿈꾸며
'안 될 게 뭐야?'라고 묻는다."
처음에 시작하는 꿈은
남들에겐 그저 불가능한 일이었습니다.

독일 시인 에센바흐가 이런 말을 했습니다.
"정말 가엾은 사람은
한 번도 꿈을 꿔보지 않은 사람들이다."
어릴 적 꿈이 있었지만,
삶에 치여 그 꿈을 잃어버리거나
혹은 다른 것으로 바뀌어
현재는 그 꿈의 모습으로 살아가는 경우가 거의 드물죠.
진정으로 그 꿈을 생각해야 하는데,
현실은 멀게 느껴집니다.
당신의 꿈은 안녕한가요?

헬렌 켈러는 말했습니다.
"맹인으로 태어난 것보다 더 불행한 것이 뭐냐고
사람들은 나에게 묻는다.
그때마다 나는
'시력은 있되 비전은 없는 것'이라고 답한다."
어떤가요?
당신 인생에서 꿈이 없다면 삶이 너무 싱겁지 않을까요?

세계적인 만화영화 제작자 월트 디즈니는
이런 말을 했습니다.
"나는 돈을 벌기 위해 영화를 만드는 게 아니라,
영화를 만들기 위해 돈을 버는 것이다."
성공하기 위해서 꿈을 꾸는 것이 아니라
내가 목표로 하는 것에 마침표를 찍기 위해

우리는 꿈을 꾸는 게 아닐까요?
미국 소설가 F.스콧 피츠제럴드의 작품
『위대한 개츠비』의 주인공도
성공을 꿈꾸지 않았습니다.
그저 사랑하던 여인을 다시 찾고자
부자가 되었고 그렇게 성공의 길을 갔죠.
우리가 바라는 인생에서의 성공은
성공 자체가 아니라 이루려는 목표 아닐까요?

영화 〈루키〉에 이런 대사가 있습니다.
"너희가 졸업하면 이곳의 유전에서 일하거나
타이어 수리공이 될 거다.
그게 나쁘다는 말이 아니다.
나도 그렇게 산다.
그러나 뭔가 다른 걸 원한다면,
너희 마음에 꿈이 있다면 그래선 안 된다."
꿈이 있나요?
있다면 지금 시작하세요.
눈사람도 처음엔 작지만 굴리다 보면 엄청 커지지요.
꿈도 그렇게 시작하세요.
작더라도 당신의 꿈은 소중합니다.

"꿈을 밀고 가는 힘은 이성이 아니라 희망이며,
두뇌가 아니라 심장이다."
러시아의 대문호 도스토옙스키가 한 말입니다.
꿈을 이루기 위해서는 희망과 열정이 필요합니다.
"아침에 일어나면
당신이 오늘 무엇을 하길 원하는지에 대해 생각하세요.
그 일이 내일 조간신문 1면에 나올 만한 일인지에 대해
고민하세요. 그런 마음으로 임한다면
아마 당신의 일이 조금 달라져 있다는 것을
느낄 것입니다."
이 말은 투자의 달인 워런 버핏이 평생 고수한
삶의 원칙이었다고 합니다.
꿈은 그렇게 아주 사소하지만 들뜨게 되는
설렘 같습니다.

우리가 꿈을 주변 사람들한테 말하면
"할 수 있겠어? 이미 남들이 했는데?" 하며
하찮게 여길 때가 많아 쉽게 포기합니다.
프랑스 실존주의 철학자 카뮈는 말했습니다.
"모든 위대한 행위와 위대한 사랑은
어리석기 짝이 없는 것에서 시작된다."

어때요?
꿈도 꿔볼 만하겠죠?

다섯 살짜리 조카에게 물어봤습니다.
"너는 커서 뭘 하고 싶니?"
그랬더니 고민도 안 하고 바로 답했습니다.
"나는 크면 지하철 손잡이를 잡고 싶어."
아직 지하철 손잡이에 손에 닿지 않는 작은 아이한텐
얼마나 진지한 꿈이겠어요?
꿈을 말하라고 하면,
우리는 되고 싶은 무언가를 생각합니다.
하지만 '무엇을 이룰 것인가'보다 더 중요한 것은
'무엇을 하면서 즐거울 것인가'가 아닌가 싶습니다.
조금만 더 손을 뻗으면 잡을 수 있는 즐거움!
이제부터라도 우리가 꿔야 할 꿈은 그런 게 아닐까요?

꿈을 이루지 못한 사람들은
"나는 재능이 없었어"라고 말합니다.
꿈을 이루지 못한 이유가 재능이 없었기 때문이라면,
꿈을 이룬 사람들은 모두 재능이 있어야겠지만
결코 그렇지 않습니다.

꿈을 이룬 사람들은 "정말로 하고 싶었던 일을

열정을 가지고 계속했을 뿐"이라고 말합니다.

기타가와 야스시의 책 『편지가게』에

이런 말이 있습니다.

'아주 멀게만 느껴지는 꿈도

시작하다 보면 일상이 되고

삶의 일부분이 되는 것 같습니다.'

04 마음

믿을 수 있는 것을 믿는 것은
믿음이 아닙니다

"믿음은 믿을 수 없는 것을 믿는 것이다.
믿을 수 있는 것을 믿는 것은 믿음이 아니다."
프랑스 철학자이자 계몽주의 운동의 선구자
볼테르의 말입니다.
미국의 흑인 운동 지도자 마틴 루서 킹 목사는
믿음에 대해 이렇게 말했습니다.
"믿음이란 계단의 끝이 보이지 않을 때에도
첫걸음을 내딛는 것이다."
스코틀랜드 물리학자 제인스 맥스웰은 말했습니다.
"모든 힘은 보이지 않는 것을 믿는 것에서 나온다."

『탈무드』에 이런 말이 나옵니다.
'몸의 모든 부분은 마음에 의지한다.'
모든 일이 마음먹기 나름이라는 말입니다.
행복한 삶을 꿈꾸고 있나요?
그렇다면 지금 당장 당신의 마음을 활짝 열어두세요.
대문을 열어두면 도둑이 들어옵니다.
그러나 마음을 열어두면 행운이 가득 들어옵니다.

카를로스 루이스 사폰의 소설 『바람의 그림자』에서
주인공의 아버지가 주인공에게

그가 아주 어릴 적부터 갖고 싶어 하던
만년필을 선물하며 이런 말을 합니다.
"선물이란 주는 사람이 좋아서 하는 거지,
받는 사람의 가치 때문에 하는 게 아니란다."
선물이란 주는 사람의 마음입니다.
우리는 마음을 받아야 하는데 물건만 받는 건 아닐까요?

일을 완벽히 하려 할수록 일이 어긋날 때가 있습니다.
'낙원의 파랑새는 자신을 잡으려 하지 않는
사람의 손위에 날아와 앉는다'는 존 베리의 말처럼,
또 '일을 꾸미는 것은 사람인데,
그 일이 다 이루어지느냐는 하늘에 달려 있다'는 말처럼,
일을 마친 후에는 그 생각들을 내려놓는 것은 어떨까요?
그러면 일순간 마음이 편안해집니다.

"세상일은 무엇이든 결심한 대로 된다.
만일 당신이
'나는 세상에서 가장 중요한 사람이 될 것이다'라고
결심한다면 당신은 정말로 중요한 사람이 된다.
'최선을 다해야지'라고 굳게 마음먹는다면
당신 앞에는 놀랄 만한 일이 생길 것이다."

J.휴워즈가 한 말입니다.
세상일은 어떻게 마음먹느냐에 따라 결과가 달라집니다.

나무는 열매를 맺기 위해 꽃을 버리고,
강물은 바다로 가기 위해 정든 강을 버린다고 합니다.
지금까지 고집스럽게 움켜쥐었던 것이 있다면,
이제 그것을 내려놓으세요.
작은 강물에 불과했던 당신의 인생이
바다처럼 웅대하게 펼쳐질 수도 있습니다.

셰익스피어가 이런 멋진 말을 했습니다.
"꽃에 향기가 있듯이 사람에게도 인격이 있다.
향기가 나쁜 꽃은 썩듯,
사람도 마음이 맑지 못하면 인격을 보전하기 어렵다."

물이 가득 담긴 컵에 돌을 던지면 물이 이리저리 튀고,

심지어 컵조차도 깨질 것입니다.
그러나 넓은 바다에 돌을 던지면
작은 요동이 있을 뿐, 바닷물은 다시 잔잔해집니다.
사람의 자존심은 물과 같습니다.
물컵처럼 좁기도 하고, 바다처럼 넓기도 하죠.
마음 넓은 사람이
바다 같은 자존심을 담을 수 있습니다.

기업인 이종선의
『멀리 가려면 함께 가라』에 나오는 내용입니다.
당신은 누군가와 점심 약속을 했다.
약속 시간보다 먼저 나와서 기다리고 있는데,
만나기로 한 사람에게서 문자메시지가 왔다.
'지금 가는 중인데 5분 정도 늦을 것 같습니다.
죄송합니다.'
당신이라면 여기에 어떻게 답할 것인가?
'천천히 오세요. 괜찮습니다.'
이 정도면 무난한 답변이다.
하지만 세상을 자기 편으로 만들 줄 아는 사람이라면
이렇게 답할 것이다.
'저도 지금 가고 있는 중입니다.'

엄마가 아기의 코를 풀어줄 때,
흔히 "흥, 흥" 합니다.
그런데 여기서 '흥'이란 '興(번성할 흥)'을 의미합니다.
아기의 코를 풀어주면서
아기가 번성하기를 바라는 마음을 담은 것입니다.
일체유심조(一切唯心造)!
모든 것은 마음먹기 나름입니다.
본인의 생각에 따라 샐러리맨이 될 수도 있고,
CEO가 될 수도 있습니다.

한 사람이 같은 날, 같은 재료로
똑같은 세 개의 독에 술을 담갔을 때,
술을 빚는 마음에 따라 더 쓰기도 하고
더 감칠맛이 나기도 한다죠.
빗물이 맨땅에 내리면 진흙탕을 만들지만,
꽃밭에 내리면 아름다운 꽃을 피우는 양분이 됩니다.
술은 악마가 흘린 천사의 눈물이라고 합니다.
한 잔의 술로 진흙탕에 빠질 것인지,
꽃밭에 누울 것인지는
결국 '마음을 어떻게 담느냐'에 따라 달라질 것입니다.

이야기 하나

박씨 성의 나이 지긋한 백정이 장터에서 푸줏간을 내고 있는데, 어느 날 양반 두 사람이 고기를 사러 왔다.
한 양반이 먼저 말했다.
"어이 백정! 고기 한 근 다오."
박씨는 솜씨 좋게 칼로 고기를 베어주었다.
그러나 함께 온 양반은 상대가 비록 천한 백정의 신분이기는 하지만 나이든 사람에게 말을 함부로 하기가 거북했다.
"박서방! 나도 고기 한 근만 주시게."
"예. 고맙습니다."
기분 좋게 대답한 박씨는 선뜻 고기를 잘라주었다.
먼저 고기를 샀던 양반이 가만 보자니 자기가 받은 것보다 갑절이었다. 그 양반은 화가 나서 소리를 지르며 따져 물었다.
"야, 이놈아! 같은 한 근인데 어째서 이 사람 것은 많고 내 것은 적으냐?"

그러자 박씨가 대답했다.

"예. 그야 손님 고기는 백정이 자른 것이고, 이 어른 고기는 박서방이 자른 것이니까요."

이야기 둘

천사가 욕심 많은 농부에게 말했다.

"하느님께서 네가 커다란 원을 그리고 돌아오면 그만큼의 땅을 주라고 하셨다."

천사의 말이 끝나자마자 농부는 가장 빠른 말을 타고 내달리기 시작했다. 그는 가능한 한 크게 원을 그리고 돌아와 대지주가 될 생각이었다. 숨을 몰아쉬며 달리던 말이 길바닥에 나동그라지자 그는 말을 버리고 뛰기 시작했다. 해가 질 무렵이 되어 마침내 그는 출발지로 돌아왔다. 천사가 숨을 몰아쉬는 농부에게 말했다.

"이제 이 넓은 땅은 모두 네 것이다!"

그런데 이게 웬일인가. 헉헉 숨을 몰아쉬던 농부가 갑자기 창백해지더니 그 자리에 푹 쓰러졌다. 조금도 쉬지 않고 달려오느라 그만 심장마비로 죽고 만 것이다.

결국 농부는 마을 사람들에 의해 매장되었다. 그가 마지막으로 차지한 땅은 고작 한 평에 불과했다.

이야기 셋

한 청년이 사고로 두 눈이 멀게 되었습니다. 가족들은 그를 맹인학교에 보냈습니다. 학교에 도착하자 교장 선생님은 교사 한 사람을 불러 청년에게 학교 건물과 교정 곳곳을 안내해주라고 했습니다.

그 교사는 학교 구석구석을 친절히 안내해주었습니다. 숙소에 다다른 청년은 진심으로 고마워 고개를 숙였습니다.

"정말 감사합니다. 선생님께서는 저같이 눈먼 사람의 입장을 정말 잘 이해하고 계시는군요."

그러자 교사가 대답했습니다.

"이해하고말고요. 저도 앞을 못 보는 사람이거든요."

–월간 〈낮은 울타리〉(1998년 2월호) 중에서.

이야기 넷

젊은 아내가 아이를 낳다 심한 출혈로 세상을 떠났다. 남자는 유모 대신 훈련이 잘된 듬직한 개를 구해 아이를 돌보게 했다.

남자는 안심하고 아이를 맡긴 채 외출도 할 수 있었다. 그런데 뜻밖의 사정이 생겨 그날 늦게야 집으로 돌아왔다. 남자는 허겁지겁 집으로 들어서며 아이의 이름을 불렀다. 아이는 보이지 않았고 방바닥과 벽이 온통 핏자국으로 얼룩져 있었다. 남자는 극도로 흥분했다.

'내가 없는 사이에 개가 아들을 물어 죽였구나!'

이렇게 생각한 남자는 즉시 총을 꺼내 개를 쏴 죽였다.

바로 그 순간, 방에서 아이의 울음소리가 들려왔다. 화들짝 놀란 남자가 방으로 들어가 보니 침대 구석에 쪼그려 앉은 아이가 울먹이며 자신을 쳐다보고 있었다.

당황한 남자는 밖으로 뛰쳐나가 죽은 개를 살펴보았다. 개의 다리에 맹수에게 물린 이빨 자국이 선명했다. 곧 남자는 뒤뜰에서 개한테 물려 죽은 늑대 사체를 발견했다.

"오, 맙소사!"

남자는 자신의 아이를 지키기 위해 늑대와 혈투를 벌인 충직한 개를 자기 손으로 쏴 죽이고 만 것이다.

05 불만

독이 되는 생각은
감사를 가로막는 주범입니다

"내가 평생 좌우명으로 삼았던 말이 있다.
그것은 디즈레일리가 말한
'인생은 시시하게 살기에는 너무도 짧다'다.
우리는 가끔 하찮은 일로 당황한다.
우리가 이 지상에 머무는 동안은
겨우 수십 년에 불과하다.
그런데도 우리는
1년 후 모든 사람의 기억 속에서 사라져버릴
불평불만을 놓고 고민함으로써
귀중한 시간을 많이 허비하고 있다."
프랑스 정치가 앙드레 말로가 생전에 한 말입니다.
불평이 부정적인 생각을 만듭니다.
그러나 긍정적인 생각은 삶을 변화시킵니다.
인생이 싱거울 때가 있죠?
그럴 때마다 무언가를 시작해보세요.
인생에 소금을 넣으면 인생의 맛이 달라집니다.

"격한 분노는 하루의 수명을 갖고 있을 뿐이다.
하지만 하루 동안 파괴한 것은
백 년이 지나야 회복될 수 있다."
프랑스의 작가 로맹 롤랑의 말입니다.

'화가 날 때 갑자기 분노를 폭발하면,
기가 끊어지면서 거슬러 올라가 간을 상하게 한다'는
과노상간(過怒像肝)이라는 한의학 용어도
같은 맥락입니다.
잠시 생각해보세요.
당신의 '화'가 '간'보다 중요한가요?
소중한 간을 위해서 릴렉스하세요.
화를 참는 요긴한 방법으로,
T.제퍼슨이 한 말을 인용합니다.
"화가 날 때는 말을 하기 전에 열을 세라."

부정적인 생각보다 더 나쁜 것은 독이 되는 생각입니다.
'나의 외모가 별로야'라는 부정적인 생각과는 달리
'나는 정말 못 생겼어' 하며
극단적인 해석으로 단정하는 생각입니다.
독이 되는 생각은 긍정적인 생각을 가로막습니다.

"자신의 단점에 도전하라!"
빌 게이츠의 이 말은
곧 '그 단점을 사랑하라'는 뜻입니다.
사람에게 단점이 없다면,

도전할 기회와 발전할 기회 역시 없습니다.
따라서 단점을 없애려 하지 말고,
좋은 방향으로 개선해야 합니다.
자신의 단점을 호감으로 업그레이드!
지금 바로 도전하세요.

"그간 우리에게 가장 큰 피해를 끼친 말은
바로 '지금껏 항상 그렇게 해왔어'라는 말이다."
세계 최초로 컴퓨터 프로그램에 'BUG'라는 단어를 쓴
미국의 컴퓨터 공학자 그레이스 하퍼가 한 말입니다.
이런 말들이 도전을 쉽게 포기하게 하는 말 아닐까요?

시대를 빛낸 영웅 나폴레옹은 이런 말을 했습니다.
"땅으로부터 잰 내 키는 매우 작다.
그러나 하늘로부터 잰 내 키는 누구보다도 크다."
이는 생각하는 관점에 따라
단점도 큰 매력으로 작용한다는 의미입니다.
당신 자신을 향해 외쳐보세요.
"이제 난 더 이상 두렵지 않아!"

아직 어린 작은아이를 돌보던 엄마가

"정말 힘들어 못 보겠다"고 푸념했습니다.

곁에서 이 말을 듣던 큰아이가 다가오더니,

"엄마는 쉬어. 이제 내가 놀아줄게" 하고 말했습니다.

엄마는 아기를 돌본다고 생각했는데,

큰아이는 같이 놀아준다고 생각했던 것입니다.

이 세상의 모든 일은 생각하기에 따라 달라집니다.

돌본다고 생각하면 힘든 일이 되겠지만,

같이 놀아준다고 생각하면

즐거운 일이 되는 것처럼 말입니다.

이야기 하나

한 사내가 부처님께 물었습니다.

"저는 성격이 너무 급합니다. 빨리 처리하고 싶은 욕심에 일을 그르치기 일쑤입니다. 어떻게 해야 할까요?"

"걱정 말게. 자네의 급한 성격을 내게 가져오면 내가 고쳐줄 것이네."

–선업 스님의 『연』 중에서.

이야기 둘

외눈을 가진 임금이 이름난 화가들을 모두 불러 모았다. 임금은 자신의 모습을 초상화로 남기기를 원했다. 하지만 심하게 일그러진 한쪽 눈 때문에 여지껏 초상화 그리기를 망설이고 있었다.

임금의 면전에서 초상화를 그려야 하는 화가들은 임금의 외모 때문에 몹시 곤혹스러웠다. 그래서 어떤 영악한 화가는 임금의 노여움을 사지 않으려고 두 눈을 모두 성하게 그렸고, 그렇게 하지 못한 다른 화가들은 외눈을 있는 그대로 그렸다.

이윽고 완성된 초상화를 살펴보던 임금은 화를 내며 버럭 소리를 질렀다. 임금은, 두 눈을 모두 그린 초상화는 거짓된 모습이라 싫었고, 실제의 모습을 담은 초상화는 너무나 흉측해서 싫었던 것이다.

"나라에서 가장 이름난 화가들만 불러 모았는데도 내 마음에 드는 초상화 하나 못 그리다니……. 그대들의 그림 솜씨는 분명 형편없다."

그때였다. 젊은 청년 화가 한 명이 선뜻 임금 앞으로 나오며 말했다.

"임금님, 빼어난 외모를 가진 사람도 반드시 한 가지 단점은 있고 아무리 못생긴 사람도 그만의 아름다움이 숨어 있게 마련입니다. 단지 사람들이 그것을 제대로 찾지 못하는 것뿐입니다. 저는 제가 보았던 임금님의 숨은 아름다운 모습을 찾아내려고 했습니다."

그는 임금 앞에 자신이 그린 초상화를 내밀었다.

"음, 그래! 바로 이것이로다."

임금은 사뭇 떨리는 목소리로 감탄하였고, 초상화를 들여다보면서 눈물까지 글썽거렸다. 그것은 임금의 미소 띤 옆모습을 성한 눈 쪽으로 그린 아주 진지한 모습의 초상화였다.

이야기 셋

한 사내가 붓다를 찾아왔다. 자기가 아끼는 친척 중 한 사람이 붓다의 제자로 들어가버렸기 때문이다. 사내는 다른 종교를 믿는 사람이었다.

사내는 붓다를 보자마자 마구 욕을 해댔다. 한참 동안 씩씩거리며 욕을 했으나 붓다는 흔들림 없는 얼굴로 사내를 바라보았다. 얼마 후, 사내가 잠잠해지자 붓다가 비로소 입을 열었다.

"당신 집에 손님이 찾아온 적이 있는가?"

"물론 있소."

"그러면 당신은 손님에게 음식을 대접했겠지?"

"그렇소."

"당신이 손님에게 음식을 주었는데 손님이 받지 않았다면 그 음식은 누구 것이겠는가?"

"그야 물론 내 것이지요."

이에 붓다가 다시 말했다.

"당신은 조금 전에 내게 많은 욕을 했다. 하지만 나는 아무것도 받지 않았다. 그렇다면 그것은 누구 것이겠는가?"

"그야……!"

사내는 아무 말도 할 수 없었다.

–냐나틸로카의 『붓다의 말씀』 '부메랑 욕' 중에서.

06 시련

넘어졌나요?
이제는 일어나야 할 때입니다

오늘 주변 사람들에게 창피를 당했나요?
'웃음소리는 울음소리보다 멀리 간다'는
히브리 격언처럼
"뭐 어쩌라구, 하하하!" 하며 웃어넘기면
오늘의 망신은 최고로 유쾌한 기억이 되지 않을까요?

길을 가다가 바닥에 떨어진 돈을 보고도
스쳐 지나간 적이 있을 겁니다.
돌아가서 주워오지는 못하고 신경은 계속 쓰이고…….
그러면서 아무 일도 없었다는 듯
걸어가야 할 때는 안타까운 마음뿐이죠.
'에이! 내 돈도 아닌데, 뭐.'
체념하려고 해도 아깝죠.
'차라리 잘한 거야!'
스스로 위로를 해봐도 아깝죠.
두고두고 아깝죠.
솔직히 내 돈도 아닌데
그런 돈이 왜 그렇게 아까운지 모르겠어요.
정작 손해를 본 건 없는데도 말이죠.
우리가 억울해하고 아까워하는 것들 중에는
원래부터 내 것이 아니었던 게 있었나 봐요.

영화 〈포레스트 검프〉는 참 감동적인 명작인데요.
여기에 나오는 명대사입니다.
"인생은 초콜릿 상자와 같아.
먹어보기 전에는 어떤 맛의 초콜릿인지 알 수 없듯이
인생에서도 끝까지 해보기 전에는 무슨 일이,
어떤 결과가 나올지 아무도 알 수 없어.
어떤 초콜릿을 선택하느냐에 따라 맛이 달라지듯이
우리의 인생도 선택의 연속이고,
어떤 선택을 했느냐에 따라 쓴맛을 경험할 수도,
인생의 달콤함을 느낄 수도 있어.
하지만 비록 지금 내가 먹은 초콜릿이
쓴 럼주가 들어 있는 초콜릿이라 해도
실망하고 낙담할 필요가 없어.
그만큼 달콤한 초콜릿들이 더 많이 남아 있을 테니까."
갑자기 불행이 닥치면 계속 불행할 것만 같고
'왜 나만 그럴까?' 하는 생각이 들죠.
이런 생각만 하다 보면 일도 손에 잘 안 잡히죠.
성경은 말합니다.
'이 또한 지나가리라.'
지나고 보면 지금의 큰일도
아무것도 아니라는 것을 알게 되지요.

지금 당신은 잘해 나아갈 겁니다.

드라마 〈내조의 여왕〉에 나오는 대사입니다.
"어렸을 땐 사는 게 진짜 만만했었는데,
살수록 왜 이러냐?
인생이라는 게 있잖아,
아무리 찔러도 안 넘어오는 남자 같아."

벼룩은 자신의 키보다 훨씬 높은 3미터를 넘게 뛰지만
유리병에 가두면 몇 번 뛰어보다가
금방 포기해버린다고 합니다.
병뚜껑이 벼룩의 한계가 되는 거죠.
병뚜껑은 남이 판단하는 평가인데,
남의 평가가 두려워
나 스스로 포기해버리진 않나요?
자신의 한계를 정하는 것은 나 자신입니다.

"우리의 최대 영광은
한 번도 실패하지 않는 것이 아니라
넘어질 때마다 일어서는 것이다."
실패할 권리, 포기할 권리 모두 당신에게 있습니다.

실패, 솔직히 두렵잖아요?
하지만 일어설 수 있다면 실패 따위는
더 좋은 결과를 위한 실험이 됩니다.

바람을 마주한 채 먼지를 털면,
그 먼지를 고스란히 뒤집어 써야 합니다.
이렇듯 공포 분위기에서 두렵다는 생각을 하게 되면,
결국 그 두려움은 더욱 커지게 됩니다.
우리 속담에 이런 말이 있죠.
'호랑이에게 물려가도 정신만 차리면 산다.'
"아무것도 아냐! 할 수 있어!"
이런 당신의 마음이
인생을 살아가는 지혜이자 추동력이 됩니다.

얼마 전에 이런 말도 유행했죠.
"피할 수 없다면 즐겨라!"
"기왕에 어쩔 수 없는 거라면, 즐길 수 없다면 피하라!"
소나기를 구경하는 건 좋은데 비 맞는 건 싫잖아요?
일단 피하고 봐야죠.
"살아가면서 겪는 대부분의 불행은
우리에게 일어난 일을 잘못 해석하기 때문에 생긴다."

프랑스 소설가 스탕달이 한 말이죠.
회사를 그만두고 쉴 때
그 순간만큼은 불행이라고 생각합니다.
그러나 다시 다른 곳으로 이직을 하면
그 불행이라고 했던 일은 아무 일도 아닌 것처럼 잊히죠.
당신의 삶에서 불행이었다고 생각되는 것들은
지나고 보면 추억이 됩니다.

"당신만 느끼지 못할 뿐 당신은 매우 특별한 사람이다."
남아프리카공화국 인권운동가이자 대주교인
데스몬드 투투의 말입니다.
이 세상에 당신은 단 한 사람이자
이후에도 존재하지 않을 소중한 사람입니다.

살아가는 이유를 아는 사람은
그 어떤 시련도 견딜 수 있습니다.
당신이 지금 겪는 시련도 이 세상을 살아가는 이유죠.
그러니 버틸 수 있습니다.
힘내세요!

'성공한 사람은 눈을 밟아 길을 만들지만,

실패한 사람은 눈이 녹기를 기다린다'는
말이 있습니다.
도전이 두렵기도 하지요.
그럼에도 생각만 계속하기보단
행동을 하면서 생각하는 게 늦지 않는 방법입니다.

요즘 많이 힘들었죠?
미국의 28대 대통령 우드로 윌슨은
"강을 거슬러 헤엄치는 자가
강물의 세기를 안다"고 했습니다.
지금까지 우리는 부모님이 정해준 길로,
선생님이 시키는 대로 움직였습니다.
어떤 일이 주어졌을 때
'내가 할 수 있을까?' 하는 두려움이 컸지만,
오늘까지의 이런 고통은
앞으로의 인생을 헤엄쳐 나아가기 위해
그 힘을 알아보기 위한 도전이었습니다.
이제, 당신 앞에 성공만 남았을 뿐입니다.

미국의 전 국무부장관 콜린 파월의 명언입니다
"누구도 자신의 어제를 바꿀 순 없다.

하지만 우리는 모두 자신의 내일을 바꿀 순 있다."
지난 일을 후회한들 바뀌지 않죠.
새로운 결심과 의지가 당신의 인생을 바꿀 수 있습니다.
내일은 반드시 옵니다.
시작은 지금 이 순간부터임을 기억하세요.

『맹자』의 '고자 편'에는 이런 말이 있습니다.
'하늘이 사람에게 큰일을 맡기려 할 때에는
반드시 먼저 그 마음을 괴롭히고
그 몸을 지치게 하고 육체를 굶주리게 하며
또한 생활을 궁핍하게 하여
하는 일마다 어긋나고 틀어지게 만든다.
이것은 그들의 마음을 움직여서 인내심을 기르게 하고
어려운 일을 더 많이 해낼 능력을 길러주기 위함이다.'

힘든 일을 겪을 때는 세상의 모든 일이 싫어지고
나 혼자만 불행하다고 생각합니다.
이럴 때 새겨볼 말이 록 밴드 롤링스톤스의 명언입니다.
"일단 살아보자, 죽을 때 죽더라도!"

프랑스 소설가 로맹 롤랑은 말했습니다.

"절대로 실수하지 않는 사람은
아무 일도 하지 않은 사람이다."
열심히 살고 있는 사람의 머릿속에는
온통 비굴하고 씁쓸한 기억들로 가득합니다.
실수를 많이 했다는 것은
그만큼 풍부한 경험을 했다는 증거입니다.
이제, 실수를 두려워하지 마세요!
실수는 경험의 동반자입니다.

현대인들은 점점 나약해지는 것 같습니다.
조금만 추워도 히터를 틀고,
조금만 더워도 에어컨 곁을 떠나지 못합니다.
그만큼 저항력을 잃어간다는 말이죠.
보이지 않는 눈으로
세상을 바라본 헬렌 켈러는 말했습니다.
"세상은 고통으로 가득하다.
그러나 그것을 이겨내는 힘도 충분하다."
고통!
정말 견디기 어렵습니다.
그러나 충분히 이겨낼 수 있습니다.

"죽음을 맞이하는 순간에도 살기 위해 노력하자.
장의사가 일을 시작해야 할지 망설일 만큼!"
미국 소설가 마크 트웨인의 말입니다.
삶을 열심히 살면 시련도 비껴가지 않을까요?

'평온한 바다에서는
결코 유능한 뱃사공이 만들어지지 않는다.'
이는 영국 속담입니다.
때로는 두렵기도 하고 힘겹기도 한 인생길!
무조건 피하려고만 하지 마세요.
당당히 부딪쳐 솟구치는 파도에 맞서다 보면
누구나 거친 파도를 가르는
유능한 뱃사공이 될 수 있습니다.

"'이것이 최악이다'라고 말할 수 있는 동안은
아직 최악이 아니다."
셰익스피어의 말입니다.
불행이 와도 지나보면 추억이 되듯이
지금의 힘든 일은 아직 최악이 아닐 수 있습니다.
이 또한 지나갈 일입니다.
그러니 힘내세요!

"나는 항상 삶이 무섭고,
불행으로 가득 차 있는 것 같다.
그러나 막상 살아보니 무섭지도 않고,
불행한 일도 일어나지 않았다."
프랑스 철학자 몽테뉴의 말입니다.
일어나지도 않은 일에 대한 두려움!
우리는 늘 일상처럼 품고 살아갑니다.
그러나 그것은 실체가 존재하지 않는 허상에 불과합니다.
농부는 씨앗을 뿌리기 위해 땅을 갈아엎어야 하고,
제빵사는 빵을 만들기 위해 밀을 으깨야 합니다.
지금 당신이 느끼고 있는 고통은
먼 훗날 훌륭한 밑거름이 됩니다.
실패를 두려워하지 마세요.
남의 시선에 눌려 좌절하지도 마세요.
다시 힘을 얻어 당당히 일어나야 합니다.
어차피 남들은 당신의 일에 아무런 관심이 없습니다.

'인생은 미완성'이라는 노래를 한번 음미해보세요.
당신은 멋진 조각가가 되어 당신 자신을 다듬어야 합니다.
그래야 발전할 수 있습니다.
고민이 많아 늘 고통스러운 당신!

별것 아닌 대리석이 조각가의 손에서
멋진 예술품으로 탄생하듯,
한순간의 고통을 이겨낸다면 희망찬 내일이 열립니다.
인생은 거친 바다와 같습니다.
풍랑을 만나 배가 뒤집히듯,
사업에 실패하고,
사랑에 좌절하고,
스스로 주저앉을 때가 있습니다.

모든 실패는 경험으로 이어집니다.
'실패'라고 쓰고,
'경험'이라고 읽어보세요.
넘어져서 울었다면, 일어나면서 웃으면 됩니다.
성공한 사람들도 갖가지 시련을 경험했습니다.
수필가가 꿈이었던 나폴레옹,
양모 사업을 했던 셰익스피어,
상점을 운영하다가 완전히 실패한 링컨…….
하지만 이들의 머릿속에
'포기'라는 단어는 없었습니다.
사람을 강하게 만드는 것은 바로 '실패와 시련'입니다.
지금 실패로 인해 좌절하고 있나요?

그렇다면 지금 바로 당신의 손을 펴보세요.
당신의 손안에 '희망'이라는 비장의 무기가 있습니다.

찬란한 봄의 아름다움은
혹독한 겨울을 겪어봐야 느낄 수 있습니다.
억압을 당해본 사람은
누구보다 자유의 소중함을 압니다.
지금 걷고 있는 어두운 길은
이미 누군가 지나간 길입니다.
숨 가쁘게 오르고 있는 가파른 길,
이 또한 누군가 오르고 또 오른 길입니다.
아무도 가지 않은 길은 없습니다.
오늘도 험난한 인생길에서 고뇌하고 있나요?
어떤 길이든, 당신은 무사히 지나갈 수 있습니다.
어떤 꿈이든, 당신은 완벽히 이룰 수 있습니다.

'행운이 다가오다가 한순간 주춤거리며 물러선다면,
더 높이 더 멀리 나아가기 위한
순간적인 후퇴인 것이다.'
페르시아 시인 사이브에타브리지의 한 시에 나오는
시구입니다.

세상에서 당신이 가장 불행한 사람이라고 생각하나요?
남들보다 조금 늦는다고 조급해하지 마세요.
먼 훗날 그들과 같거나 더 나은 위치에
오를 수 있습니다.

돌덩이 하나, 작은 시냇물도
애벌레에게는 견디기 힘든 시련입니다.
그러나 나비에게는 한낱 구경거리일 뿐입니다.
애벌레가 자라 나비가 되죠!
사람의 인생도 마찬가지입니다.
더 나은 내일을 맞이하기 위해
항상 고난과 싸워야 하고, 그 고통을 잘 참고 견뎌야만
나비처럼 멋진 날개를 달고 하늘을 날 수 있습니다.

'네 시작은 미비하였으나, 네 끝은 심히 창대하리라.'
성경에 나오는 유명한 구절입니다.
인생은 정말 긴 레이스의 연속입니다.
우리 속담에 '길고 짧은 건 대봐야 안다'는 말이 있죠.
인생의 레이스에서 가장 무서운 경쟁자는 바로
'나 자신'입니다.
인생의 진정한 승자 역시 '나 자신'입니다.

'인내는 쓰지만 그 열매는 달다'는 말이 있죠!
화려한 내일을 위해 끝까지 달려가세요.

누구나 갖고 싶은 금!
무려 일곱 번의 풀무질 끝에 비로소 순금이 탄생합니다.
우리의 인생도 마찬가지 아닐까요?
단 한 번의 노력으로 최고가 될 수는 없습니다.
일곱 번, 여덟 번…….
아니, 그 이상 자신을 갈고닦아야
자신의 이름 석 자를 세상에 알릴 수 있는 겁니다.
인생에 고난은 있을지라도 실패는 없습니다.
7전 8기의 정신으로 도전하고 또 도전하세요.

괴테는 이런 말을 했습니다.
"괴로움이 무엇을 남기고 갔는지 살펴봐라.
고통도 지나고 나면 달콤하게 느껴진다."
아무리 견디기 힘든 고통과 괴로움일지라도
시간이 흐른 뒤 되돌아보면 추억이 됩니다.
지금, 지치고 힘들어 괴로운가요?
다시 한 번 힘을 내세요!

이야기 하나

텔마 톰슨이라는 한 부인이 있었다.

군인인 남편 때문에 그녀는 미국 캘리포니아의 모제이브 사막 근처로 이사를 가게 되었다. 남편은 늘 군사훈련으로 바빴기에 그녀는 홀로 집에 남아 50도에 육박하는 무더위를 이겨내야 했고, 극심한 모래 바람 때문에 호흡곤란까지 올 지경이었다.

감옥도 이곳보다는 더 낫겠다고 생각한 그녀는 친정으로 짐을 옮기겠다고 자신의 부모님께 편지를 썼다.

얼마 후, 그녀의 아버지로부터 단 두 줄로 된 답신이 왔다. 그런데 그 두 줄은 평생 그녀의 삶을 이끄는 원천이 되었다.

'두 사나이가 감옥에서 창문으로 밖을 바라보았단다. 한 사람은 진흙탕을, 다른 한 사람은 별을 보았지.'

이야기 둘

어떤 남자가 신과 함께 모래사장을 걷고 있었다.
그는 더없이 행복했다. 뒤를 돌아보니 모래사장 위에 둘의 발자국이 나란히 찍혀 있었다. 하나는 신의 발자국이고 또 하나는 자기 발자국이었다.
그러나 얼마 후, 그에게 매우 힘든 고통의 시간이 찾아왔다. 그는 너무 힘들어 주저앉아 울고 싶었다.
모래사장 위에는 한 사람의 발자국밖에 없었다. 신의 발자국은 온데간데없고 자신의 발자국만 모래 위에 남아 있었다. 견디다 못해 그는 버럭 소리쳤다.
"신께서는 언제나 저와 함께하겠다고 하시지 않았습니까! 그런데 제가 당신을 가장 필요로 할 때는 왜 제 곁에 없는 건가요? 저는 지금 너무 힘듭니다. 신이시여, 제발 저를 버리지 마십시오!"
그러자 놀랍게도 가까운 곳에서 신의 음성이 들려왔다.
"나의 아들아! 난 네 곁을 떠나지 않았다."
"그렇다면 왜 발자국이 한 사람 것밖에 없는 건가요?"

신이 다정한 목소리로 말했다.
"내가 너를 업고 가기 때문이다."

이야기 셋

사랑하는 아내가 세상을 떠났고, 경제공황까지 닥쳐와 전 재산을 투자했던 주식은 종잇조각으로 변해버렸으며, 그 후유증으로 매일 밤마다 극심한 우울증에 시달려 유서를 작성해놓고 잠을 청해야 하는 사람이 있었습니다.
그러나 얼마 후 그는 이 고통의 강을 무사히 건너 미국, 푸에르토리코, 멕시코에 1,050여 개의 백화점을 개설하고, 2,650여 개의 드러그스토어를 가진 기업의 CEO가 됩니다. 그가 바로 J.C 페니입니다.
그는 한 인터뷰에서 이렇게 말했습니다.
"저는 그동안 겪어왔던 모든 불행에 감사합니다. 한 문제를 극복하고 나면 저는 더욱 강해지는 것을 느꼈고 앞으로 극복할 문제들에 좀 더 잘 대처할 수 있게 됐으니까요. 저는 어려움 덕분에 계속 성장할 수 있었던 겁니다."

이야기 넷

9세 때 어머니가 돌아가셨다. 9세 때부터 가게 점원으로 일했다. 초등학교를 다니다 그만두었다. 22세 때 일하던 가게에서 해고당했다. 23세 때 빚을 얻어 친구와 가게를 차렸고 친구가 죽는 바람에 큰 빚을 혼자 떠안았다. 그 빚을 갚는 데만 꼬박 15년이 걸렸다. 30세 때 약혼녀가 갑자기 죽었다. 35세 때 결혼했지만 아내는 성격이 못된 여자였다.

지방 하원의원에 출마하여 세 번이나 낙선했다. 어린 자식 셋이 병에 걸려 죽었다. 두 번 상원의원에 출마했으나 모두 낙선했다. 49세 때 부통령으로 출마했으나 또 낙선했다.

이 사람은 누구일까? 바로 미국 16대 대통령 에이브러햄 링컨이다. 그는 수많은 고통과 좌절을 넘어 53세 때 마침내 미국 대통령에 당선되었다. 현재 미국인들이 가장 존경하는 대통령 1위는 링컨이다.

07 용서
It's not your fault.
이제 자신을 용서하세요

정말 강한 사람은
이를 악물고 세상을 이기는 사람이 아니라,
세상과 상관없이
어떤 경우에도 행복한 사람이라고 합니다.
나를 울린 사람들한테 유일하게 복수하는 방법은
그 사람들보다 즐겁게 사는 겁니다.

영화 〈굿 윌 헌팅〉을 보았나요?
"It's not your fault."
영화에 나온 명대사입니다.
자기 자신을 용서하기란 쉬운 일이 아니죠.
한없이 믿어주고, 기다려주고, 감싸 안아줄 수 있는
멘토가 우리에겐 필요합니다.
혹시 과거에 당한 아픈 기억이 있나요?
당신에게 해주고 싶은 말이 있어요.
"It's not your fault. 당신 잘못이 아니에요."

"당신, 편안히 안 놔둘 거야. 당신, 부셔버릴 거야!"
오래전, 큰 인기를 끈 드라마
〈청춘의 덫〉에 나온 대사입니다.
하지만 떠난 남자에게 복수를 하는 동안

여자는 스스로 괴로워하며, 불행한 생활을 합니다.
남의 잘못으로 인해 내가 화를 낸다는 것!
결국, 나 자신의 영혼을 갉아먹는 일입니다.
진정으로 용서하는 것!
그것이 가장 고상한 복수입니다.
누군가를 향해 미움이 앙금처럼 남아 있다면,
용서로 모조리 녹여버리는 것은 어떨까요?

이런 말이 있습니다.
'신도 사람을 심판하려면
사람이 죽을 때까지 기다린다.'
하물며 신도 사람이 죽고 나서야
비로소 잘못을 따져 묻는데,
우리는 주변 사람들을 판단하고 해석하는 일이
너무 빈번하지 않나요?
서로 잘못을 따져 묻는 건 참 어리석은 일이죠.

'뭐든 같이 써라.
친구를 때리지 말라.
친구를 아프게 했으면 사과하라.'
로버트 풀검의

『내가 정말 알아야 할 모든 것은 유치원에서 배웠다』에
나오는 내용입니다.
이처럼 우리가 유치원에서 배운 대로 실천한다면,
살아가면서 스스로를 부끄럽게 하는 일은 없을 겁니다.

세상에 하찮은 사람은 없습니다.
누군가의 소중한 아들, 딸인 특별한 사람들이니까요.
용서란 소중한 사람에게 하는 특별한 것 아닐까요?

이야기 하나

한 인디언이 부유한 이웃집에 식량을 빌리러 갔다.
"죄송하지만 곡식을 좀 빌려주십시오. 추수하면 갚겠습니다."
백인은 고개를 저었다.
"정말 너무하는군."
인디언은 백인의 처사가 괘씸해 화가 치밀어 올랐다.
그러던 어느 날 밤, 백인의 집에서 울부짖는 소리가 들려왔다.
"우리 토미가 어디로 간 거야? 제발 우리 토미 좀 찾아줘요!"
백인의 아내가 미친 듯이 소리 질렀다.
인디언은 곧장 산으로 가서 아이를 찾아보았다. 낮에 아이가 산으로 가는 걸 보았기 때문이다.
인디언이 아이를 발견했을 때, 아이는 벼랑 나뭇가지에 위태롭게 걸려 있었다. 인디언은 서둘러 밧줄을 이용해 아이를 구해냈다. 그러고는 아이를 업고 백인의 집으로 달려갔다.

백인 부부는 눈물을 흘리며 기뻐했다.

"정말 고맙소! 죽어도 이 은혜는 잊지 않겠소!"

인디언은 말없이 고개만 끄덕였다. 잠시 후, 인디언은 빙긋이 미소를 지으며 이렇게 중얼거렸다.

"드디어 복수했군."

이야기 둘

20세기 최고의 신화종교학자 조지프 캠벨은 노년에 신화와 종교를 주제로 삼은 한 공개토론회에 참석해달라는 요청을 받게 되었습니다.
그런데 어쩐 일인지 토론위원들이 사소한 부분까지 들춰내며 그와 그의 작품을 맹렬하게 비난하는 것이었습니다. 하지만 캠벨은 정중하게 그 비난을 받아넘겼습니다.
토론회가 끝난 후, 한 방청객이 토론위원들의 부적절한 독설에 왜 아무런 대응도 하지 않았냐고 묻자 그는 이렇게 말했습니다.
"인생이라는 길을 걸어가다 보면 새 똥이 머리 위에 떨어질 때도 있습니다. 그렇더라도 그것을 털어내려고 일부러 가던 길을 멈추지 마십시오."
그의 말에 방청객들은 우레와 같은 박수를 보냈습니다.
–〈오스티엄키〉의 '비전' 중에서.

08 융통성

실패했을 땐
유턴하여
처음부터 다시
시작하세요

'영리한 물고기는 낚싯줄에 걸렸을 때
절대 줄을 팽팽하게 만들지 않는다'는 말이 있습니다.
오히려 낚싯대를 향해 다가오며
낚싯바늘에서 벗어날 방법을 모색한다고 합니다.
현실에 무작정 저항을 하다 보면,
머지않아 지쳐 쓰러질 겁니다.
또 자신이 원하는 미래를 개척할 기회마저
사라질 겁니다.
현실을 냉정히 바라보세요.
일단 싫든 좋든 현실을 그대로 받아들여야 합니다.
오직 비전에만 초점을 맞춘다면
인생의 궁극적인 변화가 시작될 겁니다.

도산 안창호 선생은 이런 말을 했습니다.
"성격이 모두 나와 같아지기를 바라지 말라.
매끈한 돌이나 거친 돌이나 제각기 쓸모가 있는 법이다.
남의 성격이 내 성격과 같아지기를 바라는 것은
어리석은 생각이다."
그대로 인정하는 것이 때론 마음 편할 때가 있습니다.

목적지까지 운전할 때 직진만 할 수는 없습니다.

우회전도 하고, 좌회전도 하고,

때론 유턴도 해야 합니다.

인생도 마찬가지입니다.

직진만 고집하다간 나만 피곤해집니다.

지치고 힘들어 고통받는 건 '나 자신'뿐이죠.

가끔 방향이 틀어질 수도 있습니다.

또 실패를 경험할 수도 있습니다.

그럴 때는 완전히 유턴해서

처음부터 다시 시작하세요.

융통성을 발휘하면 지혜롭게 나아갈 수 있습니다.

이야기 하나

옛날, 어느 나라에 어린 공주가 살고 있었습니다. 공주는 왕과 왕비의 사람을 듬뿍 받으며 건강하게 잘 크고 있었지요. 그러던 어느 날 공주는 하늘에 떠 있는 달을 따 달라고 보채기 시작했습니다. 왕은 유명하다는 과학자, 의사를 불러서 공주를 설득하게 했습니다.

"공주님, 달은 너무 멀리 있어서 가까이 다가갈 수도 없습니다. 달을 따 온다는 것은 불가능해요."

"공주님, 달에 대해 너무 많이 생각하셔서 병이 든 것 같습니다. 제발 더 이상 달 생각을 하지 마십시오."

그러나 공주는 자기 뜻을 굽히지 않았습니다. 이때 공주와 친하게 지내던 광대가 공주에게 몇 가지 질문을 던졌습니다.

"공주님, 달은 어떻게 생겼나요?"

공주는 대답했습니다.

"달은 동그랗게 생겼지, 뭐."

"그러면 달은 얼마나 큰가요?"

"바보, 그것도 몰라? 달은 내 손톱만 하지."

"그러면 달은 무슨 색인가요?"

"달은 황금빛이잖아."

공주의 방을 나온 광대는 왕에게 아뢴 다음, 손톱 크기만 한 황금 구슬을 만들어 공주에게 가져다주었습니다. 공주가 그렇게 원하던 달을 드디어 손에 넣은 것입니다. 기뻐하는 공주를 바라보며 광대는 걱정이 되었습니다.

"공주님, 달을 따 왔는데 오늘 밤 또 달이 뜨면 어떻게 하지요?"

"이런 바보, 그것을 왜 걱정해. 이를 빼면 새 이가 또 나오지? 그거랑 같아. 달은 하나를 빼 오면 또 나오게 돼 있어. 그리고 달이 어디 하나만 있니? 세상 천지에 가득 차 있어. 하나쯤 떼어 온다고 문제될 게 없지."

PART 4

지금, 일어나야 할 때

꿈이 없으면 아무것도 없다.
네 할아버지가 해주신 얘기란다.
하는 것에 대해서 생각을 하는 것은 좋은데,
일단 하기 시작했으면 생각하는 것 따윈 하지 마라.
-영화 〈루키〉 중에서.

행복에게는 날개가 있어서
붙들어두기가 너무 어렵다고 합니다.
지금 이 순간 나는 행복하다고
자기암시를 걸어보는 건 어떨까요?
'오늘 나는 무척 행복합니다'라는 뜻의 인도의 말
'아즈함 바우트 쿠스헤'처럼 말입니다.

01 성공

'당신은 성공할 만한 자질을 가졌어!' 라는 말도 된다는 것

아줌마 정신이 있습니다.
첫째, 남을 절대 의식하지 말라.
둘째, 대담하라.
셋째, 어떤 일이든 포기하지 말라.
눈치챘나요?
이제 아줌마 같다는 말은 놀리는 말이 아니라
"너는 성공할 수 있겠어"라는 말도 되는 거죠.

철강왕 데일 카네기는 말했습니다.
"세상에서 가장 중요한 일들은
대개 전혀 가망이 없는 것처럼 보이는 일에도
끝까지 노력을 기울이는 사람에 의해 이루어졌다."
성공의 다른 말은 노력 아닐까요?

"인생의 재미란 바로 그런 것이다.
만약 최상의 것을 구하지 않고 적당히 안주하면
삶은 우리에게 꼭 그만큼만 준다."
프랑스 소설가 서머싯 몸의 말입니다.
'콩 심은 데 콩 나고 팥 심은 데 팥 난다'는 속담이 있죠.
도전 없는 인생은 무미건조하지 않을까요?
승자에게는 방이 여러 개 있습니다.

그래서 실패를 할 때마다 다른 방으로 들어갑니다.
그러나 패자에게는 방이 달랑 하나밖에 없습니다.
그 방에 영원히 갇혀 지내는 것입니다.
어떠한 굴욕에도 당황하거나 슬퍼하지 마세요.
실패는 또 다른 시작일 뿐입니다.

'만족하며 살고, 때때로 웃으며,
많이 사랑한 사람이 성공한다.'
윌리 휴엘의 명언입니다.

"나는 시합에서 9,000번의 슛을 놓쳤다.
나는 약 300번의 시합에서 졌다.
시합에서 결승골을 넣을 기회가 26번이나 있었지만
모두 실패했다.
나는 내 인생에서 끊임없이 실패했다.
그리고 그것이 내가 성공한 이유다."
이는 농구황제 마이클 조던의 말입니다.
실패가 두려운가요?
성공하려면 실패라는 강을 건너야 합니다.
이런 말이 있습니다.
'승자는 과정을 그리며 살고,

패자는 결과를 훔치며 산다.'

누구에게나 인생의 목적지가 있습니다.

중요한 점은

목적지를 향해 숨 가쁘게 달려가는 것이 아닙니다.

그 목적지가 '어디인지' 명확하게 알고 있느냐입니다.

더 빠르게 성공하려면

실패율을 두 배로 올려야 한다고 합니다.

실패를 해야 성공할 수 있다지만

어디 실패가 누구 애 이름인가요?

실패, 솔직히 두렵습니다.

다시 일어서기가 참 힘드니까요.

쉽게 일어설 수 있다면

실패 천 번, 만 번도 할 수 있습니다.

그럼에도 실패, 이겨내야 합니다.

99번 실패해도 마지막 100번째 희망이 있으니까요.

'성공의 비결은

한 번 정한 목표를 바꾸지 않는 데 있다.

많은 사람이 성공하지 못하는 이유는

성공의 길이 험난해서가 아니다.

하나의 목표를 향해 꾸준히 나아간다면
언제가 반드시 성공한다.'
영국 정치가 벤저민 디즈레일리의 명언입니다.
성공도 사랑도 한결같아야겠죠.

무능력한 사람들이 자주 사용하는 말입니다.
첫째, "난 왜 항상 이 모양이지?"
항상 자신을 비난합니다.
둘째, "이게 뭐 잘되겠어?"
상상만 하고 실천하지 않습니다.
셋째, "이젠, 끝이구나!"
한 번 실패하면 그대로 무너집니다.
이 세 가지를 반대로 생각해보세요.
이제, 당신은 최고의 능력자가 될 겁니다.

에디슨의 유명한 일화가 있죠.
그는 무려 2,000번의 실험 끝에 전구를 발명합니다.
한번은 기자가 그에게 이런 질문을 했습니다.
"실패할 때마다 기분이 어땠습니까?"
그러자 에디슨은 이렇게 대답했습니다.
"실패라니, 무슨 소리야? 그건 실패가 아니라

전구가 안 되는 재료를 90가지나 알아낸
아주 성공적인 실험이었다네.
그저 난 전구를 발명하기 위해
2,000번의 실험 과정을 겪었을 뿐이지."
그러면서 에디슨은 이렇게 덧붙였습니다.
"인생의 실패는
성공이 얼마나 가까이 있는지도 모르고
포기했을 때 생기는 것이지."
에디슨은 인생의 성공을 위해
전구를 만들지 않았습니다.
전구를 꼭 만들고 싶어서
2,000번의 실험에 매달렸을 뿐이죠.
성공이 종착역은 아닙니다.
무엇이 되고 싶어서, 무엇을 만들고 싶어서,
하다 보니 그것이 성공으로 이어지게 되는 거죠.
성공은 그 무엇의 열매 아닐까요?

이민규 교수의 『실행이 답이다』에는
이런 말이 나옵니다.
'세상에서 가장 파괴적인 단어는 '나중'이고,
인생에서 가장 생산적인 단어는 '지금'이다.

힘들고 불행하게 사는 사람들은
'내일' 하겠다고 말하는 반면,
성공하고 행복한 사람들은
'지금' 한다고 말한다.
그러므로 내일과 나중은 패자들의 단어이고,
오늘과 지금은 승자들의 단어이다.'

잘못된 습관은 성공을 막는 가장 무서운 적입니다.
당신의 습관이 말을 바꾸고,
당신의 말이 인격을 바꾸고,
당신의 인격이 인생을 바꿉니다.
좋은 습관과 바른 말!
바로, 멋진 인생의 시작입니다.

이야기 하나

여섯 살에 아버지를 잃었다. 일하는 어머니 때문에 어린 두 동생을 보살피며 웬만한 요리는 다 할 정도로 집안일을 도맡아야 했다. 열 살의 나이로 농장에서 일을 해야 했다. 그리고 열두 살, 어머니가 재혼하게 되면서 그는 고향을 떠났다. 페인트공, 타이어 영업, 유람선, 주유소, 닥치는 대로 일하다 보니 어느덧 중년의 나이를 맞았다. 그리고 황혼의 나이에 접어들면서 제법 인정받을 만한 레스토랑을 가지게 되었다. 하지만 1년도 되지 않아 그는 모든 것을 잃었다. 예순다섯 살의 나이였다. 그의 수중에 남은 돈은 사회보장금으로 지급된 105달러가 전부였다. 완전한 파산이었다.

예순다섯 살의 노인이 단돈 105달러를 가지고 무엇을 새로 시작할 수 있단 말인가? 그러나 이 노인은 낡아빠진 자신의 트럭에 남은 돈을 몽땅 털어서 산 압력솥을 싣고 다시 길을 떠났다. 그동안 레스토랑을 운영하며 꾸준히 개발해온 독특한 조리법을 팔아보기로 한 것이다.

트럭에서 잠을 자고 주유소 화장실에서 면도를 하며 미국 전역을 돌았다.

'다 늙어서 무슨…….'

그는 주변의 냉랭한 시선들에 아랑곳하지 않았다.

다만, 극복해야 할 것은 있었다. 그가 믿었던 소중한 꿈이 사람들에게 외면당한다는 것이었다. 1008번이나 거절을 당했다. 허름한 이 노인에게 로열티를 지급하고 조리법을 사줄 식당 주인은 쉽게 나타나지 않았다. 1008번의 거절이라니……. 쉽지 않은 도전이었다.

실패하면 방법을 달리해서 또 도전했다. 할 때까지, 될 때까지, 이룰 때까지……. 그렇게 보낸 시간이 2년, 드디어 처음으로 그의 조리법을 사겠다는 사람을 만나게 되었다. KFC 1호점이 탄생하는 순간이었다.

"훌륭한 생각을 하는 사람은 많지만 행동으로 옮기는 사람은 드물다. 나는 포기하지 않았다. 대신 무언가를 할 때마다 그 경험에서 배우고 다음번에는 더 잘할 수 있는 방법을 찾아냈다."

105달러의 사업자금으로 치킨 프랜차이징 시스템을 시작한 예순다섯 살의 노인, 바로 '켄터키 프라이드 치킨'을 세운 전설적인 커널 샌더스!

"나는 녹이 슬어 사라지기보다 다 닳아빠진 후 없어지리라."

예순다섯 살의 나이, 105달러라는 턱없는 사업자금, 그리고 1008번의 거절 속에서도 그렇게 그의 1009번째의 기적은 이루어졌다.

이야기 둘

빅터 세리브리아코프는 저능아였다.

15세 때는 담임선생님이 그를 불러 진지하게 말했다.

"넌 아무래도 공부와는 인연이 없는 것 같구나. 차라리 학교를 그만두고 장사나 배우는 게 어떠냐?"

빅터는 모멸감을 느꼈다. 하지만 선생님의 말씀이 틀렸다고 생각하지는 않았다. 그의 성적은 늘 바닥이었다.

그는 선생님의 조언대로 학교를 그만두고 여러 직장을 전전했다. 생활은 늘 힘들었고 특별한 비전도 없었다.

그는 17년간 별 볼 일 없이 살았다.

그러다 32세가 되던 해에 우연히 자기 IQ가 173이나 된다는 걸 알게 되었다.

"뭐야! 내 머리가 이 정도란 말이야!"

그때부터 그는 180도 바뀌었다. 말과 행동에 자신감이 넘쳤고 표정도 밝아졌다. 그러자 그의 삶도 크게 바뀌었다. 그는 기발한 특허품을 개발해 큰돈을 벌었고 책도 저술했다. 또한 사업을 시작해 큰 성공을 거두었다.

그는 훗날 천재클럽 멘사의 회장이 되어 자신의 지능지수가 인구 대비 상위 2퍼센트임을 스스로 입증했다.

02 열정

충동의 또 다른 이름이
바로 '열정'입니다

"이 힘이 무엇인지 나는 정의할 수 없다.
내가 아는 것은, 이 힘은 꿈을 정확히 알고
간절히 이루고자 하는 자에게만 존재한다는 것뿐이다."
전화기를 발명한 알렉산더 그레이엄 벨의
'열정'에 대한 이야기입니다.
열정을 뜻하는 단어인
'enthusiasm'의 어원은 'entheos'로,
'신의 힘'이라는 의미를 담고 있습니다.
인간 몸에 신의 힘이 존재하기에
벨은 그렇게 표현했던 게 아닐까요?

'척충척지거(尺蟲尺地去), 불휴능천리(不休能千里).'
자벌레가 한 자 한 자 기어가지만,
쉬지 않고 가면 능히 천 리를 간다는 뜻입니다.
느리고 우둔한 자벌레도 그러할진대,
그보다 위대한 인간의 경우는 어떠한가요?
포기하지 않고, 꾸준히 나아간다면
이 세상에 이루지 못할 것은 없습니다.
링컨은 53세에, KFC 창업자 커널 샌더스는 65세에
꿈을 이루었습니다.
이보다 젊다면 지금 시작해도 늦지 않습니다.

우리는 높이 올라가려는 본능을
잘못 이해하고 있습니다.
꼭대기에 오르기 위해서는,
애벌레의 본능으로 기어오르는 것이 아니라
나비가 되어 날아올라야 합니다.

아동문학가 트리나 폴러스의
『꽃들에게 희망을』에는 이런 내용이 있습니다.
노랑 애벌레가 생각에 잠긴 얼굴로 물었습니다.
"어떻게 하면 나비가 되죠?"
"날기를 간절히 원해야 돼.
하나의 애벌레로 사는 것을
기꺼이 포기할 만큼 간절하게."

칼릴 지브란의 『예언자』에는 이런 글귀가 있습니다.
'애정을 갖고 일한다는 것은 무엇인가?
당신 가슴에서 뽑아낸 실로 천을 짜는 것,
마치 연인에게 옷을 지어 입힐 천을 짜듯
그렇게 짜는 것이다.'

의지만 있다면, 자신의 운명도 바꿀 수 있습니다.

손바닥에 '운명'이라는 글자를 써보세요.
그리고 손등에는 '의지'라는 글자를 써보세요.
그러고는 주먹을 꽉 쥐고 팔을 앞으로 쭉 뻗어보세요.
이제 당신은 당신의 의지로 운명을 움켜잡은 겁니다.
인생을 살다 보면 힘이 들고,
때론 부당한 일을 겪을 수도 있습니다.
그럴 때마다 움켜쥔 주먹을 바라보세요.

인상파 화가 고흐는
평생 동안 단 한 점의 그림밖에 팔지 못했습니다.
그의 그림은 너무 충격적이었기 때문입니다.
그가 겪은 사랑 또한 매우 불행했습니다.
세 번의 사랑이 모두 충동적이었기 때문입니다.
결국, 고흐는 자살했습니다.
고흐의 인생은 그야말로 충동적이었지요.
그래도 세상은 고흐를 최고의 화가로 인정합니다.
그가 최고의 화가로 사랑받는 이유는
충동의 다른 이름, 바로 '열정'이 있었기 때문입니다.

『탈무드』에 이런 내용이 있습니다.
'한 개의 촛불로 여러 개의 양초에 불을 붙여도

그 한 개의 촛불의 불빛은 결코 흐려지지 않는다.'
누구나 '초심'을 간직하고 있습니다.
'처음의 마음'을 단지 잊고 있을 뿐,
여전히 마음 깊은 곳에서
그것은 찬란히 타오르고 있습니다.
인생의 방향이 틀어졌을 때, 그 '초심'을 꺼내보세요.
비록 '최고'가 아닐지라도
'최선'의 삶을 살게 될 겁니다.

"계속 사용하고 있는 열쇠는 항상 빛이 난다."
미국의 과학자이자 정치가인 프랭클린이 한 말입니다.
사용하지 않는 열쇠는 녹이 슬지만,
사용하는 열쇠는 항상 매끄럽게 반짝입니다.
지금, 당신은 당신의 능력을 사용 중인가요?
아니면 장롱 속에 방치하고 있나요?

"어깨를 활짝 펴고, 당당하게 웃어라.
자신감은 당신을 빛나게 한다."
"자신감을 키우기 위해서는
자기 자신을 사랑할 줄 알아야 한다."
이는 카네기의 말입니다.

이 세상에서 가장 훌륭한 옷은 바로 '자신감'입니다.
자기 자신을 사랑하고, 자기 자신에게 만족해야 합니다.
그렇게 '자신감'이라는 멋진 옷을 입으세요.
자신감이 넘치는 사람에게 불가능이란 없습니다.

자신만의 색깔을 보여줄 때 가장 매력적입니다.
다른 사람의 말에 흔들리지 않고!
자신의 생각대로!
자신의 의지대로!
자신만의 색깔을 만들 수 있는 사람!
그런 당신은 매력 덩어리입니다.

영국의 비평가 존 러스킨은 말했습니다.
"인생은 흘러가는 것이 아니라 채워지는 것이다."
무심코 세월 따라 보내는 것이 아니라,
곳간에 곡식을 채우듯 무언가로 가득 채워가야 합니다.

'미쳐야 미칠 수 있다!'
이 말의 의미가 뭘까요?
자신의 목적에 도달하려면
미친 듯이 달려가야 한다는 말입니다.

바닷속의 풍경을 이야기하려면
바다에 몸을 던져 자신을 푹 빠뜨려봐야 합니다.
그래야 그림을 그리듯
이야기를 술술 구체화할 수 있습니다.
실패냐 성공이냐를 고민하지 말고
무언가를 하고 싶다면, 온몸을 던져 달려가세요.
자신의 모든 것을 걸어야 성공할 수 있습니다.

질병과 슬픔은 때가 되면 모두 사라집니다.
그러나 미신에 사로잡힌 영혼은
하루도 평안할 날이 없습니다.
한 번 빠지면 결코 헤어 나오지 못하는 게 늪이죠?
미신이 바로 늪입니다.
미신에 빠지지 말고, 노력에 빠져야 합니다.
열심히 노력하는 사람에게는 미신의 자리가 없습니다.

'나 자신을 브랜드로 만들어라.'
이정숙 전 KBS 아나운서의 저서 제목입니다.
'자신을 브랜드로 만드는 것'만큼
세상에 자신의 가치를 알리는 최고의 기술이
또 있을까요?

당신을 브랜드로 만들기 위해
지금 당신은 어떤 노력을 하고 있나요?

"인생은
자신을 발견하고 찾아가는 것이 아니다.
내가 원하는 모습대로 창조하는 것이다."
조지 버나드 쇼가 한 말입니다.
그는 한때 소설을 창작했으나, 번번이 실패했습니다.
그러나 그는 결코 좌절하지 않았습니다.
희곡과 평론을 쓰며 자신의 영역을 넓혀갔습니다.
결국, 〈인간과 초인〉이라는 작품으로
세계적인 극작가가 되었습니다.
또 1925년에 노벨문학상을 수상했습니다.
당신은 지금, 어떤 모습을 그리고 있나요?

이야기 하나

한 철학자가 건축 공사장에서 한참 일하고 있는 인부 세 사람에게 질문했다.

"지금 무엇을 하고 있나요?"

맨 앞에서 일하고 있던 사람은 "벽돌을 쌓고 있소이다"라고 대답했고, 그 옆에 있던 이는 "벽을 만들고 있지요"라고 대답했다. 그리고 맨 뒤에서 생기 넘치는 표정으로 벽돌을 나르던 사람은 "성당을 짓고 있습니다"라고 대답했다.

질문을 던진 사람은 다름 아닌 이 공사의 최고책임자인 건축가 크리스토퍼 렌이었다.

세 사람의 대답을 들은 그는 이렇게 생각했다.

'제일 처음 대답한 이는 눈앞에 벽돌을 보고 있으므로 한평생 벽돌만 쌓다 끝날 것이고, 두 번째 인부는 벽의 크기만큼 보았으니 공장장 정도 되면서 기술은 발전하겠구나. 하지만 마지막으로 대답했던 인부는 엄청난 잠재력을 가지고 크게 성공할 거야. 그는 아직 완성되지도

않은 성당을 이미 보았기 때문이지.'

목표는 눈에 보이지 않는다. 그러나 눈을 감으면 보이는 법이다.

이야기 둘

마라톤이 끝났다. 1986년, 뉴욕 마라톤 조직위원회는 시상식을 마치고 대회 종료를 선언했다. 모든 참가자가 돌아갔다. 나흘 후, 조직위원회에 전화가 걸려왔다.

"경기가 아직 끝나지 않았습니다. 아직도 달리고 있는 사람이 있습니다."

조직위원회 담당자는 깜짝 놀라 확인해보았다. 그 말은 사실이었다. 다리가 없는 41세의 장애인이 두 팔에 가죽 보호대를 한 채 결승점을 향해 달리고 있었다.

그는 월남전 참전 용사였다. 전투 중에 두 다리를 잃고 장애인이 되었지만 불굴의 의지로 다시 일어섰다.

마침내 그가 결승 테이프를 끊었다. 4일 12시간 17분 18초의 기록이었다. 다리가 없어도 마라톤 완주가 가능하다는 걸 실제로 보여준 것이다.

숨을 몰아쉬는 그에게 기자들이 마이크를 들이댔다.

그는 결연한 목소리로 말했다.

"인생을 어디에서 출발했느냐가 중요한 건 아닙니다. 인생을 어디에서 끝마쳤느냐가 더 중요합니다."

이것은 뉴욕 마라톤에 참가해 지구촌을 감동시킨 보브 윌랜드의 이야기다.

이야기 셋

세계적인 사이클 선수 랜스 암스트롱.

그는 생존 가능성이 50퍼센트도 안 되는 고환암을 선고 받습니다. 그러나 그는 "기다려. 너무 급하게 달리려 하지 말자. 천천히 견디자"며 스스로를 다독거렸습니다. 결국, 그는 투르 드 프랑스에서 우승을 거머쥐게 되고, 그 후 7연패라는 놀라운 기록을 남깁니다. 암이 완치된 후, 그는 그동안 궁금했던 것을 의사에게 물었습니다.

"제 생존 확률은 50퍼센트였나요?"

의사는 고개를 흔들었습니다.

"그럼 20퍼센트 정도?"

의사는 또다시 고개를 흔들었습니다.

"그러면 한 3퍼센트 정도였나요?"

그제야 의사는 말없이 미소를 지었습니다.

–〈오스티엄키〉의 '비전' 중에서

03 용기

네모난 구멍의 동그란 못이 되세요

'진실은 아무리 빠른 거짓말이라도 곧 추월한다.'
서양의 속담입니다.
누군가를 거짓으로 대하고 있다면,
이제 솔직하게 모든 걸 밝혀보세요.
머지않아 당신의 마음속에 숨어 있는 진실이
거짓을 향해 달려갈 겁니다.

'운명은 탄식하며 살아가는 자에게 혹독하고,
용감히 나아가는 자에게 길을 터준다.'
용기를 갖고 세상을 바라보세요.
진정한 영웅은 운명을 지배합니다.

추억은 식물과 같습니다.
그 뿌리가 싱싱할 때 심어야 잘 살아나지요.
우리 인생의 가장 싱싱한 시기,
바로 학창 시절 아닐까요?
그래서 그 추억이 오래 간직되는 것인지도 모르겠습니다.
파릇파릇 싱싱했던 그 시절, 다시 돌아갈 수는 없겠죠?
하지만 신념과 희망을 갖고
날마다 새로운 도전을 한다면,
젊음은 늘 당신과 함께할 겁니다.

"타인의 인생을 살기 위해 시간을 낭비하지 마세요.
남의 의견이 당신의 마음을 파고들게 하지 마세요.
가장 중요한 것은
당신의 가슴과 직관을 따르는 용기를 갖는 겁니다.
당신의 가슴과 직관은 자신이 뭐가 되고 싶은지
이미 알고 있습니다.
나머지 모든 것은 따라옵니다.
배고픔과 함께, 미련함과 함께…….
나는 나 자신에게 늘 이렇게 바랐습니다.
이제 새 출발을 위해 졸업하는 여러분께
이 말을 해드립니다."
2005년 스탠퍼드대학교 졸업식에서
스티브 잡스가 한 연설입니다.

영국 극작가 조지 버나드 쇼의 묘비에는
이런 글귀가 씌어 있습니다.
'우물쭈물하다 내 이럴 줄 알았다.'
'삶은 후회의 연속'이라는 말이 있습니다.
행복도, 사랑의 기회도
망설이고 주저하면 날아가버리죠.

프랑스의 시나리오 작가 앙리 장송은 말했습니다.
"노(No)라고 말할 수 있는 한은 아직 젊다.
최초의 예스(Yes)는 최초의 주름살이다."
모두가 '예'라고 할 때, '아니오'라고 말하는 건
대단한 용기가 필요한 일이기 때문입니다.
당신은 부당한 일에 "아니오"라고 말하나요?
혹시 "예"라고 하며 적당히 타협하고 있지는 않나요?

TYK그룹의 김태연 회장은
이민 후 어려운 일이 닥쳐올 때마다
이렇게 자문했다고 합니다.
"그도 할 수 있고 그녀도 할 수 있는데,
왜 나라고 못하겠어?
(He can do it, She can do it, Why not me?)"

목격자가 없을 때 드러내는 용기가 참된 용기입니다.
우리는 남들에게 인정받고 싶어 합니다.
하지만 잘나 보이기 위한 전시적 행동은
감동을 줄 수가 없죠.

실패에도 용기가 필요합니다.

실패를 두려워하지 않는 도전,

또 실패에 대한 인정!

정말 많은 용기가 필요합니다.

실패를 행운이라고 생각해보세요.

백 번 실패는 백 개의 노하우가 됩니다.

오늘, 혹시 백 번째 실패를 했나요?

그렇다면 축하합니다.

당신은 오늘 성공을 위한

귀중한 노하우 백 개째를 얻었으니까요.

04 우정

나의 또 다른 영혼 '친구'를 믿어주세요

"명성은 화려한 금관을 쓰고 있지만
향기가 없는 해바라기다.
그러나 우정은
그 꽃잎 하나하나마다 향기를 풍기는 장미꽃이다."
미국 의학자이자 수필가인 올리버 홈스의 말입니다.
자신에 대한 믿음만큼 친구를 믿어보세요.
친구란 두 신체에 깃든 하나의 영혼입니다.

일찍이 공자는 이런 말을 남겼습니다.
'나는 하루 세 번 나 자신을 반성해본다.
남을 대할 때 충성을 다했는가?
친구와 사귈 때 믿음을 지켰는가?
배운 것을 남에게 전했는가?'
우리는 아주 가까운 사이일수록
사소한 오해로 토라져 풀지 못하는 일이 많습니다.
오늘, 오랫동안 연락하지 못한 친구에게
문자 한 통 어떨까요?

돈이 말을 하면, 진리는 입을 굳게 다문다고 합니다.
돈 때문에 벌어지는 인간관계의 슬픈 현실입니다.
몇 푼의 돈 때문에 친구에게 상처를 주고,

멀어지게 한 일은 없나요?
친구 사이에는 지갑에서 꺼낸 돈보다
마음속에서 우러난 '한마디의 말'이 더 값집니다.

'돈을 빌려주면 돈과 친구를 모두 잃는다.'
'인생을 풍요롭게 하는 것은 많은 돈이 아니다.
진정한 한 명의 벗이다.'
돈과 우정 중 무엇이 중요할까요?
독이 약이 되고, 약이 독이 되듯
인생에도 정답은 없습니다만,
선택은 당신의 몫입니다.

'인간관계를 원활히 하는 것이
가장 기초적인 건강법이다.'
미국의 심리학자들이 연구 결과를 토대로 이끌어낸
이론입니다.
이들이 9년에 걸쳐 7,000명을 대상으로 조사한 결과,
불규칙한 습관, 흡연, 음주 등을 하는 사람보다
'고독한 생활'을 하는 사람의 사망률이
더 높게 나타났다고 합니다.
지금, 당신의 생활은 건강한가요?

어떤 그릇에 담느냐에 따라 물의 모양이 바뀝니다.

어떤 친구를 만나느냐에 따라 인생도 바뀝니다.

나보다 능력이 있는 친구를 바라보면

견디기 힘들 만큼 좌절감이 들죠?

하지만 그 친구는

당신의 인생을 바꿔줄 훌륭한 라이벌입니다.

그 친구를 뛰어넘으려고 노력하다 보면,

언젠가 그 친구보다 더 나은 위치에 오를 겁니다.

이야기 하나

'만종'을 그린 화가 밀레는 젊은 시절 가난을 이기지 못해 싸구려 누드 그림을 그려 겨우 생계를 이었다. 그는 그렇게 돈을 버는 자신이 수치스러웠다.

그러던 어느 날, 밀레는 마음을 고쳐먹었다. 자신이 정말 화폭에 담고 싶었던 농촌 풍경을 그리기 시작한 것이다. 그는 굶주림을 참으며 열심히 작업했다.

그 무렵 밀레의 가장 가까운 친구는 『에밀』을 쓴 자연철학자 루소였다. 하루는 루소가 환한 미소를 지으며 밀레의 작업실을 찾아왔다.

"기뻐하게! 드디어 자네 그림을 사겠다는 사람을 찾았네! 그림값으로 300프랑을 낸다기에 돈까지 받아왔네. 그림은 내 마음대로 골라서 가져오라고 했네."

그로부터 몇 년 후, 밀레는 유명 화가가 되어 경제적 어려움도 자연스레 해결되었다.

어느 날, 밀레가 루소의 집필실을 찾아갔다. 그런데 이게 웬일인가. 루소의 방에 자신의 작품 '접목하는 농부'

가 걸려 있는 게 아닌가! 밀레는 친구의 우정에 가슴이 먹먹해졌다.

05 지금

후회를 만회할 시간은
바로 지금, 이 순간입니다

"인생에는 두 종류의 삶이 있다.

하나는 기적 같은 건 없다고 믿는 삶이요,

또 하나는 모든 것이 기적이라고 믿는 삶이다."

20세기 최고의 물리학자

알베르트 아인슈타인의 말입니다.

하루살이가 볼 때 인간의 일생은 기적과도 같죠.

그런 기적 같은 삶을

우린 하루하루 허비할 때가 많습니다.

"나이를 먹는 게 무슨 특별한 일입니까?

나이를 먹는 데는 아무 노력도 필요하지 않아요.

우리는 나이 먹는 것을 축하합니다.

지난해보다 올해 더 훌륭하고 현명한 사람이 되었다면

그걸 축하합니다."

어느 부족의 추장이 생일에 한 말입니다.

우리는 나이 먹는 것을 우울해하고 슬퍼합니다.

이제 생각을 한번 바꿔보세요.

'작년보다 더 나아졌구나.'

이렇게 생각하면 덜 억울하겠죠?

물이 위에서 아래로 떨어지듯

나이를 먹는 것 또한 자연의 이치이지요.

악마들이 인간을 가장 무능하게 만들 수 있는 게
무엇인지 회의를 했습니다.
어떤 악마는 '몸을 아프게' 하자고 했고,
어떤 악마는 '하는 일마다 실패하게 만들자'고 했습니다.
하지만 대장 악마는
썩 마음에 들지 않아 주저했습니다.
그때 한 악마가 이야기했습니다.
"인간들 마음속에 미루는 마음을 심어두면 됩니다.
천천히, 내일, 나중에 하자고…….
미루는 마음이야말로 자신도 모르게
인간을 가장 무능하게 만듭니다."

톨스토이는 인생에서 가장 중요한 것
세 가지를 말했습니다.
하나, 이 세상에서 가장 중요한 사람은 누구인가?
둘, 이 세상에서 가장 중요한 일은 무엇인가?
셋, 이 세상에서 가장 중요한 시간은 언제인가?
"이 세상에서 가장 중요한 것은
지금 내 앞에 있는 사람,
지금 내가 하고 있는 일,
바로 지금 이 시간이다."

중요한 것을 얻기 위해 지금 이 순간 곁에 있는 사람

즉, 가족에게 소홀하지는 않나요?

네잎 클로버의 꽃말은 행운이고,

세잎 클로버의 꽃말은 행복입니다.

행운을 좇으려고 행복을 멀리하는 일은 없어야겠죠.

시인 천상병의 '귀천'입니다.

'나 하늘로 돌아가리라.

새벽빛 와 닿으면 스러지는

이슬 더불어 손에 손을 잡고,

나 하늘로 돌아가리라.

노을빛 함께 단 둘이서

기슭에서 놀다가 구름 손짓하면은,

나 하늘로 돌아가리라.

아름다운 이 세상 소풍 끝내는 날,

가서, 아름다웠더라고 말하리라……'

라틴어 '카르페 디엠'의 의미는

바로 '하루를 움켜쥐어라'입니다.

행복은 미래에 오는 것이 아닌,

지금 이 순간 당신 앞에 있습니다.

오늘 하루, 놓치고 싶지 않은 기억이 있다면,
꼭 움켜쥐세요.

'뒤를 돌아보지 말라. 그러면 미래를 볼 수 없다.'
링컨의 연설문 중 한 구절입니다.
누군가의 따가운 말과 시선이 두려워
자꾸만 뒤를 돌아보고 있지는 않나요?
당신에게는 미래가 있습니다.
그러니 앞을 보고 달려가세요.

이 세상에서 가장 어리석은 사람은
과거에 파묻혀 현재의 일을 그르치는 사람이라고 합니다.
그렇다면 가장 현명한 사람은
과거의 잘못을 기반으로 새롭게 정진하는 사람입니다.
후회는 아무리 빨라도 늦습니다.
또, 시작은 아무리 늦어도 빠른 것입니다.
수많은 실수로 고통스러워하고 있나요?
후회한다고 과거가 바뀌진 않습니다.
그러나 새로운 시작으로 미래를 바꿀 수 있습니다.
인생을 바꾸는 새로운 결심!
바로 지금, 이 순간부터!

당신의 인생은 다시 시작됩니다.

사라진 전설의 대륙, 아틀란티스.
지금도 많은 학자가
그 진실을 규명하려고 연구 중입니다.

그게 사실이든 허구이든, 중요한 게 아닙니다.
이미 많은 사람의 가슴속에
영원한 전설로 남아 있다는 것!
그게 정말 가치 있는 일 아닐까요?
지금 이 순간의 당신 모습이
언젠가 전설로 기억될 수 있습니다.

누군가 당신의 통장에 매일 24만 원씩 입금을 한다면,
그러나 은행 업무 시간이 지나면
그 돈이 모두 사라진다면,
당신은 어떻게든 그 돈을 다 쓰고 말 것입니다.
24시간이라는 소중한 시간!
그것은 신이 인간에게 내린 가장 고귀한 선물입니다.
이 소중한 선물을 어떻게 사용할 건가요?
당신의 선택에 따라 그 가치가 달라집니다.

가장 빛나는 금은 바로 '지금'이라고 합니다.
'어제'를 되돌릴 수 없듯,
'내일'을 미리 끌어올 수 없습니다.
행복해지고 싶다면, 성공하고 싶다면,
바로 지금 한 걸음 한 걸음 나아가야 합니다.

지금 이 순간!
당신이 가장 빛나는 시간입니다.

"1년의 소중함,
시험을 망친 학생이 가장 잘 알 것입니다.
1년이라는 시간이 얼마나 아까웠는지를…….
1분의 소중함,
기차를 놓친 사람이 가장 잘 알 것입니다.
1분 때문에 지금 얼마나 허탈한지를…….
1초의 소중함,
교통사고의 위험에서 간신히 벗어난 사람이
가장 잘 알 것입니다.
1초가 운명을 가를 수도 있는 시간이었음을……."
코카콜라의 더글러스 회장이
직원들에게 보낸 신년 메시지입니다.
당신에게 주어진 시간을 감사히 여겨야 합니다.
'시간'은 신이 내린 최고의 선물 중 하나이니까요.

"작품을 쓸 완벽한 시간이란 존재하지 않는다.
바로 지금 이 순간이 중요할 뿐이다."
세계적인 작가 바버라 킹솔버의 말입니다.

지나간 일을 돌아보며 후회하고 있나요?
바로 지금!
그 후회를 또 다른 도전으로 만회할 시간입니다.

'아름다운 입술을 갖고 싶다면,
친절하게 말을 해야 한단다.
사랑스런 눈을 갖고 싶다면,
사람들에게 좋은 것만 보도록 하렴.
네가 더 나이가 들면
손이 두 개라는 사실을 발견할 게다.
한 손은 너 자신을 돕는 손이고,
다른 한 손은 남을 돕는 손이란다.'
유명한 여배우 오드리 헵번이
자신의 아들에게 보낸 편지입니다.
살아간다는 것은 힘겨운 고난의 연속이 아닙니다.
생각하기에 따라, 아름다운 여정이 될 수 있습니다.

망막 손상이 너무 심해
수술을 해도 딱 15분밖에 볼 수 없다면,
당신은 어떻게 할 건가요?
미국의 유명한 맹인 가수 스티비 원더는

수술을 했습니다.

딱 15분밖에 볼 수 없다는 의사의 말에도 불구하고요.

그가 수술을 결심한 이유는 뭘까요?

"사랑하는 딸의 얼굴을 단 한 번만이라도 보고 싶었다!"

스티비 원더가 수술을 결심한 이유입니다.

과연 당신이라면 어떻게 할까요?

이야기 하나

생전에 법정 스님은 라디오도 시계도 없는 강원도 산골 오두막에 은거하여 살았다. 가끔 길상사에 나와 법회를 주관하는 것이 세상과의 유일한 소통이었다. 2003년 길상사 회주 직함을 놓고 떠나며 스님은 이런 말을 남겼다.
"만일 우리가 내일 죽게 된다면 마지막으로 무슨 말을 남기겠습니까? 한번 생각해보십시오. 당장 내일이 아니더라도 언젠가 반드시 그때가 옵니다.
우리가 하루하루 살아 있다는 것은 기적 같은 일입니다. 이런 기적 같은 삶을 헛되이 보낸다면 후회할 때가 반드시 옵니다.
죽음을 어둡고 기분 나쁘게 생각하지 마십시오. 삶의 한 모습입니다. 삶의 과정입니다. 죽음이 없다면 삶은 무의미해집니다. 죽음이 받쳐주고 있기 때문에 삶이 빛날 수 있습니다. 죽음이 싫으면 살 줄 알아야 합니다. 죽음을 좋아하는 사람이 누가 있겠습니까?
사는 즐거움을 누릴 줄 알아야 합니다. 그리고 삶의 어떤 목적이 있어야 합니다. 무엇 때문에 내가 사는지 목적이 있어야 합니다. 살아갈 이유를 갖고 있는 사람은 어떤 어려운 환경에서도 살아남습니다."

이야기 둘

영하 50도의 강추위 속에서 한 청년이 사형장으로 끌려갔다. 사형 집행 시간은 5분 후였다.
28년을 살아왔지만 단 5분이 이렇게 소중하다고 생각한 건 처음이었다. 그는 남은 5분을 어떻게 쓸지 생각했다.
함께 형장에 끌려온 사형수들과 마지막 인사를 하는 데 2분을 쓰기로 했다. 자신의 삶을 정리하는 데 다시 2분을 쓰기로 했다. 나머지 1분은 대자연을 한번 둘러보는 데 쓰기로 했다.
사형수들에게 마지막 인사를 나누자 3분이 남았다. 삶이 허망하게 느껴졌다. 다시 2분이 흘렀다.
이내 탄환을 장전하는 소리가 들렸고 엄청난 공포가 밀려왔다. 1분 동안 강추위로 얼어붙은 주변 풍경을 돌아보았다. 바로 그 순간, 한 병사가 흰 손수건을 흔들며 달려왔다. 황제의 특별사면령을 가지고 온 것이다. 청년은 죽음 직전에 감형되어 시베리아로 유형을 떠났다.
이것은 러시아 문학의 거장 표도르 도스토옙스키의 이

야기다. 5년 후 유형에서 풀린 그는 치열하게 작품 활동을 하여 『죄와 벌』 등 불후의 명작들을 남겼다.

06 진심

솔직해야
사람이 붙습니다

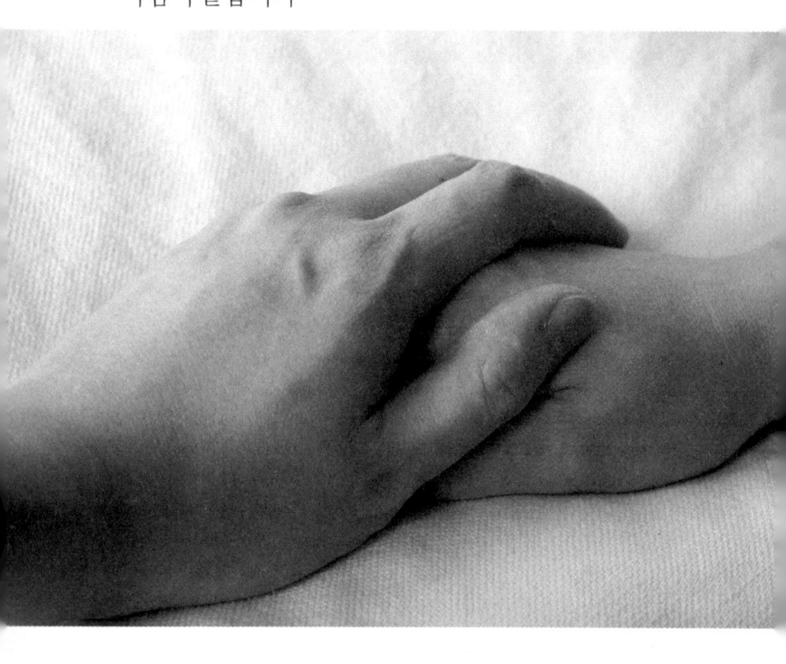

영업 사원들 중 일부는
'쯧, 아둔한 자들 같으니.
오늘도 한번 제대로 속여야지' 하며 일을 합니다.
반면에 최고가 된 영업사원은
'이렇게 소중하고 감사한 고객들께
최고의 서비스를 선사해야지.
덕분에 내가 이 삶을 즐길 수 있지 않은가' 한답니다.
어떻게 시선을 두느냐에 따라
사기꾼이 되기도 하고 서비스맨이 되기도 합니다.

이미지관리를 어떻게 하느냐에 따라
상대가 나를 바라보는 이미지가 달라질까요?
아닙니다.
내가 상대를 어떻게 대하느냐에 따라
이미지가 달라집니다.
'상대에게 어떻게 보일까'를 고민하지 말고,
'상대에게 어떻게 내 진심을 전할까'를
깊이 생각하세요.
그게 바로 당신의 이미지가 됩니다.

타인에게 호감이나 환심을 사고 싶나요?

그렇더라도 애써 노력하지는 마세요.
지나치게 다른 사람들의 눈을 의식한다면,
자신만의 독특한 색깔과 멋진 스타일을
잃을 수도 있습니다.
지금 당신에게는 어떤 개성이 있나요?

진실한 사람에게는 항상 사람이 끊이지 않습니다.
그들은 감추는 것 없이 속을 다 보여주며 대화합니다.
그러다 보니 당연히 뒤끝도 없습니다.
'재는 정말 뒤끝 작렬이다!'라는 말을 많이 합니다.
무언가 기분이 나쁘고,
말을 하고 싶어도 꾹 참는 사람들은
뒤에 가서 꼭 엉뚱한 소리를 해댑니다.
성공한 사람들은 뒤끝이 없습니다.
오늘부터라도 솔직하게 사람들을 대해보세요.

고급 승용차를 타는 사람은 모두 품위가 있을까요?
비싼 수입차를 운전한다고 해도
인품이 없다면
'턱시도를 입고 고무신을 신은 격'이 됩니다.
당신은 지금, 명품을 사는 것이 목표인가요?

아니면, 삶을 명품으로 만드는 것이 목표인가요?

미국의 시인 에머슨이 이런 말을 했습니다.
"솔직한 사람은 결코 변명하지 않는다."

이런 말이 있습니다.
'칭찬도 열흘 이상 지속되지 않고,
안 좋은 소문도 열흘을 넘기지 못한다.'
구설수에 올라 불쾌한가요?
소문은 장마철 소나기에 불과합니다.
마음의 중심만 바로잡는다면,
어느새 소나기가 그치고 햇빛이 쏟아질 겁니다.
진실은 반드시 밝혀진답니다.

이야기 하나

러시아의 대문호 톨스토이가 어느 시골집 앞을 지나가는데 어린 소녀가 톨스토이가 들고 있는 가방을 갖고 싶다며 어머니를 조르더니 울음을 터뜨렸다. 톨스토이가 소녀에게 말했다.

"지금 네게 이 가방을 주고 싶지만 이 안에 든 것이 너무 많구나. 며칠 뒤에 꼭 이 가방을 선물하마. 그러니 그만 울어라."

소녀는 톨스토이의 상냥한 말에 이내 울음을 그쳤다. 톨스토이는 소녀와의 약속을 지키기 위해 며칠 후 그 집을 찾아갔다. 그런데 이게 웬일인가. 소녀의 집은 슬픔에 잠겨 있었다. 톨스토이는 집 안으로 들어가 소녀를 찾았다. 이내 소녀의 어머니가 짓무른 눈자위를 옷소매로 문지르며 말했다.

"제 딸아이는 오랫동안 병을 앓았어요. 그런데 딸아이가 어제 갑자기 제 곁을 떠나버렸어요."

톨스토이는 가방을 소녀의 무덤 앞에 놓고 기도했다. 소녀의 어머니가 말했다.

"이젠 딸아이가 죽었으니 이 가방은 그냥 가져가세요."

그러자 톨스토이가 말했다.

"아닙니다. 따님은 세상을 떠났지만 따님과의 약속은 그대로 남아 있답니다."

이야기 둘

한 사내가 지하철에 올라타 갑자기 소리를 지르기 시작했다.

“여러분, 잠깐만 제 말을 들어주십시오!”

사내의 말에 사람들이 일제히 주목했다.

“네 살짜리 제 딸이 지금 대학병원 중환자실에 누워 있습니다. 언제 죽을지 모르는 불치병을 앓고 있습니다.”

사내가 거기까지 말하자 사람들은 인상을 찌푸렸다.

‘칫! 돈을 구걸하는 사람이군.’

‘지하철에는 꼭 저런 작자가 있다니까!’

이내 사내가 말을 이었다.

“저는 이전에 어느 책에서 많은 사람이 함께 기도해주면 어려운 일도 이루어진다는 구절을 읽었습니다. 그래서 저는 제 딸을 위해 기도해달라고 보는 사람마다 부탁하고 다닙니다. 부디 여러분도 제 딸이 살아날 수 있도록 기도해주시면 고맙겠습니다. 제 딸의 이름은 송희입니다.”

사내는 그렇게 다음 칸으로 건너갔다. 승객들은 그 사내의 뒷모습을 바라보았다. 그는 돈이 아니라 오로지 기도를 원하고 있었다. 신선한 충격을 받은 승객들은 아무 말도 못하고 그가 건너간 다음 칸만 멍하니 바라보았다.

이야기 셋

샌프란시스코의 한 터미널에서 어떤 나이든 이주 노동자 한 사람이 오렌지 하나를 무릎에 올려놓고 있었다. 대기실 건너편에서 한 아이가 엄마 무릎에 앉아서 그 오렌지를 쳐다보는 걸 의식한 그는 곧바로 일어나 아이에게 걸어갔다. 그는 아이에게 주어도 괜찮겠냐고 엄마에게 먼저 몸짓으로 물었다. 그녀가 미소를 지어 보이자, 그는 오렌지를 두 손으로 받쳐 들고는 입을 맞춘 다음 아이에게 주었다.

나는 그의 옆에 앉으면서, 당신 모습에 감동했다며 말을 걸었다.

그는 미소를 지었다. 자기의 행동에 감사한다는 말을 듣고 흡족해하는 것 같았다. 나는 "아이에게 주기 전에 그 오렌지에 입 맞추시는 모습이 마음에 특히 와 닿았습니다"라고 덧붙여 말했다.

내 말에 대답하기 전에 잠시 진지한 표정으로 앉아 있던 그가 드디어 입을 열었다.

"내가 살아오면서 배운 것이 한 가지 있다면, 그건 가슴에서 우러나올 때에만 주라는 것입니다."

-마셜 B.로젠버그의 『비폭력 대화』 중에서.

07 행복

당신의 행복통장 잔고는 넉넉한가요?

"행복은 추구한다고 되는 것이 아니라,
결과로 일어나는 것이다."
독일계 프랑스 의사 알베르트 슈바이처의 말입니다.
재미난 것을 함께할 때,
맛있는 것을 함께 먹을 때,
행복은 자연스럽게 일어나죠.
행복은 거창한 것이 아니라
사소한 것에서부터 비롯됩니다.

"내 곁에 있어줘서 고맙습니다."
이런 감사 인사를 누군가에게 듣거나 해본 적 있나요?
그렇다면 이미 당신은 충분히 행복한 사람입니다.

'가정에서 마음이 평화로우면
어느 마을에 가도 축제처럼 즐거운 일들을 발견한다.'
이는 인도의 속담입니다.
이처럼 행복은 화목한 가정에서부터 일어납니다.

『탈무드』에 이런 글귀가 있습니다.
'세상에서 가장 지혜로운 사람은 배우는 사람이고,
세상에서 가장 행복한 사람은 감사하며 사는 사람이다.'

무언가 할 일이 있다는 것!
어딘가 바라볼 희망이 있다는 것!
누군가 사랑하는 사람이 있다는 것!
이런 사람을 우리는 '행복한 사람'이라고 합니다.
당신의 행복 조건은 무엇인가요?

"K양, 행복해지고 싶죠?
행복하기가 쉬운 줄 압니까?
망설이고 주저하고 눈치 보고
그렇게 해서 행복해질 수 있다고 생각합니까?
노력하지 않으면 행복해질 수 없는 겁니다.
은호야, 최선을 다해 노력하지 않으면
행복해질 수 없다.
네가 행복해져야만 이 세상도 행복해진다.
하나님한테는 내가 같이 용서를 빌어주마.
행복해져라. 은호야."
드라마 〈연애시대〉에 나온 대사입니다.
행복은 지금 이 순간에 온다는 말처럼
노력하지 않으면 행복도 눈에 안 보이겠죠.
예금처럼 행복도 모으려는 노력이 필요합니다.
당신의 행복통장 잔고는 넉넉한가요?

'부'와 '행복'을 모두 경험했던 사람이 있습니다.
경제적으로 힘들어졌을 때,
그는 당시의 기분을 이렇게 말했습니다.
"나는 가난해진 것이 아니다.
단지, 재정적으로 파산한 것이다.
가난이란 마음의 상태일 뿐이지,
결코 부의 척도가 아니다.
그러니 지금 나는 가난한 게 아니다."
만약, 당신이라면 어떻게 대답했을까요?

'사흘만 세상을 볼 수 있다면,
첫째 날은 사랑하는 이의 얼굴을 보겠다.
둘째 날은 밤이 아침으로 바뀌는 기적을 보리라.
셋째 날은 사람들이 오가는 평범한 거리를 보고 싶다.
단언컨대 본다는 것은 가장 큰 축복이다.'
헬렌 켈러의 자서전에 나오는 내용입니다.
우리는 익숙한 것을 잊고 살아갑니다.
우리가 마시는 공기, 물은 물론이고,
보고, 듣고, 느끼는 그 모든 것에 행복이 있다는 것을요.

팔만대장경에 이런 말이 있습니다.

'욕심은 수많은 고통을 부르는 나팔이다.'
사람의 욕망은 끝이 없습니다.
지금도 사사로운 욕심을 채우기 위해 바쁘죠?
지금, 당신 자신에게 물어보세요.
"이것이 진정 행복이란 말인가?"
헬렌 켈러는 말했습니다.
"행복의 한쪽 문이 닫히면 다른 문이 열린다.
그런데 우리는 닫힌 문만 보고 아쉬워할 뿐
열려 있는 다른 문을 보지 못한다."
닫힌 문을 보는 것은 미련 때문이고,
열린 문을 보지 못하는 것은
포기했기 때문이라고 합니다.
문이란 항상 열리고 닫히지요.
지금 닫힌 문만 보고 있나요?
그렇다면 이제 열린 문을 보세요.

행복에게는 날개가 있어서
붙들어두기가 너무 어렵다고 합니다.
지금 이 순간 나는 행복하다고
자기암시를 걸어보는 건 어떨까요?
'오늘 나는 무척 행복합니다'라는 뜻의 인도의 말

'아즈함 바우트 쿠스헤'처럼 말입니다.

"행복은 성취하는 기쁨과
창조적으로 노력하는 스릴에 있다."
모든 고난을 이겨내고 미국 대통령이 된
루스벨트의 말입니다.
당신은 용기 있는 사람이기에 반드시 해낼 겁니다.
할 수 있다는 말에 믿음이 생기고,
믿음은 곧 행동으로 바뀌며,
행동은 습관을 만들고,
그렇게 당신의 운명도 바뀔 테니까요.

"파라다이스에서 나 혼자 살게 하는 것은
가장 큰 형벌이다."
이것은 괴테의 말입니다.
사람은 여럿이 어울려 살아야 행복하다는 말입니다.
지금 이 순간 행복한 삶을 꿈꾼다면,
지인들에게 따뜻한 문자메시지 한 통 보내세요.
서로 안부를 주고받는 일처럼
행복한 일상은 없습니다.

이야기 하나

화창한 봄날, 한 맹인이 길에서 구걸을 하고 있었다. '불쌍한 저를 도와주세요'라고 쓰인 팻말을 앞에 놓고 행인들의 적선을 기다리고 있었다.
하지만 돈통에는 돈이 얼마 되지 않았다. 그런데 우연히 어느 시인이 그 앞을 지나가게 되었다. 그 시인이 팻말의 문구를 고쳐준 이후로 돈통에 돈이 차기 시작했다.
맹인이 시인에게 물었다.
"도대체 제 팻말에 무슨 말을 쓴 겁니까?"
시인은 맹인에게 팻말을 차분히 읽어주었다.
"화사한 봄날이 왔건만, 저는 그 풍경을 볼 수가 없네요."
본다는 것만으로도 우리는 아주 행복한 인생을 살고 있는 것이다.

이야기 둘

어느 철학 교수가 강의 시간에 커다란 마요네즈 병을 하나 가지고 들어왔습니다. 교수는 골프공으로 병을 채우기 시작했습니다. 그리고 학생들에게 물었습니다.
"이 병이 꽉 찼나요?"
학생들이 그렇다고 대답하자 교수는 병 안에 조약돌들을 집어넣었습니다. 조약돌들은 골프공들 사이 공간으로 들어갔습니다. 교수는 다시 학생들에게 병이 꽉 찼느냐고 물었고, 학생들은 그렇다고 대답했습니다.
교수는 다시 병 안에 모래를 집어넣었습니다.
모래는 골프공과 조약돌 사이의 틈으로 들어갔고, 교수는 또 학생들에게 병이 꽉 찼느냐고 물었습니다. 학생들은 그렇다고 대답했습니다. 교수는 다시 커피 두 잔을 병 안으로 쏟아부으니 병이 완전히 채워졌습니다. 학생들이 웃기 시작했습니다.
학생들의 웃음이 멈추자 교수가 말했습니다.
"난 이 병이 자네들의 인생임을 알았으면 하네. 골프공은 매우 중요한 것들이야. 자네들의 가족, 믿음, 친구, 열정 말이네. 자네들 인생에서 다른 것들이 모두 사라지고 이것들만 남는다고 해도 자네들의 인생은 꽉 차 있을 거야. 조약돌은 문제가 되는 다른 것들이네. 직업, 차, 집 이런 것들이지. 그리고 모래는 그 외 모든 것들이지. 작은 일들 말이야."

교수는 계속 말했습니다.

"만약 자네들이 모래를 이 안에 먼저 넣는다면 골프공이나 조약돌이 들어갈 자리가 없을 걸세. 인생도 마찬가지네. 자네들이 작은 것을 채우는 데 시간과 힘을 써버린다면, 평생 자네들에게 중요한 것이 들어갈 공간은 없을 거야. 자네들의 행복을 결정짓는 데 집중하게. 가장 중요한 골프공을 먼저 생각하고 삶의 우선순위를 정하게. 나머지는 모두 모래일 뿐이네."

한 학생이 손을 들어 커피가 무엇을 의미하느냐고 물었습니다.

"좋은 질문이네. 이것은 자네들의 인생이 아무리 바쁘더라도 친구와 커피 한잔할 여유는 있다는 걸 보여주기 위함이네."

08 긍정

오르막길과 내리막길은 같은 비탈길입니다

금세 잡힐 것 같은 길도
막상 걷다 보면 아득하게 마련입니다.
'조금만 더 가면 되겠지.'
이런 생각으로 간다면 그리 힘들지 않을 겁니다.
'작은 희망이 불씨가 되어 꿈을 이룹니다.'
처한 환경이 어려워 모든 사람이 발걸음을 돌릴 때,
당신은 그 꿈을 지키기 위해 어떤 노력을 하고 있나요?

'사막이 아름다운 것은
그곳 어딘가에 있을 오아시스 때문이다.'
사람이 희망을 가질 수 있는 것은
죽음이 눈에 보이지 않기 때문이라고 합니다.
희망은 눈에 보이지 않기 때문에 더 좋은가 봅니다.

밤잠을 설치는 노인이 이렇게 말합니다.
"한밤중에 자꾸만 잠에서 깨어 정말 미치겠어."
다른 노인이 속삭입니다.
"그건 자네가 아직 살아 있다는 걸 확인하는 거라네."
두 노인이 서로 바라보며 껄껄 웃었다고 합니다.
시인 류시화의 잠언시집,
『지금 알고 있는 걸 그때도 알았더라면』에 나오는

내용입니다.

같은 상황에 대처하는 모습이 서로 다릅니다.

당신은 어느 쪽인가요?

고대 그리스의 철학자 헤라클레이토스는 말했습니다.

"오르막길과 내리막길은 같은 비탈길이다."

언덕 밑에서 올려다보면 오르막이고,

언덕 위에서 내려다보면 내리막이죠.

보는 시선에 따라 긍정과 부정이 갈립니다.

유리컵 절반의 물을 보고 '얼마 안 남았네?'

혹은 '아직도 절반이나 남았네?' 하는 것처럼

긍정과 부정은 행복과 불행의 다른 이름 아닐까요?

바람을 맞으며 항해한다면 난항이지만,

바람을 등지고 항해한다면 순항입니다.

'내 인생은 역풍인가, 순풍인가?'

생각을 조금만 바꾼다면,

당신의 인생에 순풍이 불어올 겁니다.

행복과 불행의 차이는 이른 아침에 결정됩니다.

아침에 일어나 "참 잘잤다"고 말하는 사람은

하루를 행복으로 출발합니다.

그러나 "정말 피곤하다"고 말하는 사람은
하루를 불행으로 시작합니다.

불행이 지나가면 행복이 찾아온다고 생각하나요?
그렇다면 당신은 '행복표'를 예약한 사람입니다.
불행은 끝이 없다고 생각하나요?
그렇다면 당신은 '불행의 번호표'를 든 사람입니다.

늙는다는 건 꿈을 잃어버리고 있다는 것이랍니다.
꿈을 이루지 못해 후회하고 있을 때,
사람은 진짜 늙어가는 것입니다.
나이는 한낱 숫자에 불과합니다.
꿈을 향한 낙천적인 자세!
그것이 젊음을 오래 유지하는 비결입니다.

꿀벌이 먹은 물은 꿀이 됩니다.
그러나 뱀이 먹은 물은 독이 됩니다.
누구나 똑같이 하루를 보내고, 1년을 보냅니다.
그러나 살아가는 모습에 따라 내일이 달라집니다.
기분 좋게 생활하세요.
그리고 자신이 가진 것을 주변 사람들에게 나눠주세요.

또 소소한 행복을 즐기세요.
다가올 미래에 미리 감사하는 마음을 가지세요.
당신의 좋은 습관이 행복한 삶을 열어갑니다.

기록과 징크스의 공통점은
언젠가 둘 다 깨진다는 것입니다.
불길한 생각은 단지 생각일 뿐입니다.
마음먹기에 따라, 노력의 정도에 따라
결과는 달라집니다.

노력으로 자신감을 쌓고, 자신감으로 용기를 얻고,
용기로 희망을 키우고, 희망으로 기적을 불러옵니다.
자신의 열등감을 계속 숨긴다면,
결국 안에서 스스로 곪아 터집니다.
그러나 열등감에 자신감이라는 옷을 입혀준다면,
그 옷은 화려하게 빛납니다.
긍정의 자신감은 인생의 기적을 선물합니다.

이야기 하나

그녀는 차에 기름이 떨어진 것에도 감사했다.

"차에 기름이 거의 떨어졌을 때 저는 투덜거렸죠. '왜 이 근방엔 주유소가 없을까?' 하고 말이죠."

의아하게 생각한 사람들이 "그런데 어떻게 감사한 일이 생겼죠?"라고 묻자 그녀는 이렇게 대답했다.

"그날 밤에 우리는 차를 도둑맞았어요. 그런데 기름이 바닥나 있었기에 그 도둑은 30미터쯤 끌고 가다 차를 그냥 두고 가버렸지요. 만일 기름이 많았다면 차를 어떻게 찾았겠어요?"

이야기 둘

동방삭이가 고갯길을 넘다가 넘어졌다. 사람들은 그 고개에서 넘어지면 3년밖에 못산다고 했다. 동방삭이는 그 말을 믿고 두려움에 떨었다.
그때 누군가 말했다.
"한 번 넘어져서 3년 산다면, 두 번 넘어지면 6년, 세 번 넘어지면 9년, 네 번 넘어지면 12년, 넘어지면 넘어질수록 오래 산다는데 걱정할 것이 뭐람?"
이 말을 들은 동방삭이는 갑자기 기운이 솟았다. 그는 단숨에 그 고개 꼭대기로 달려갔다. 그러고는 꼭대기에서부터 데굴데굴 굴렀다.
구르고 또 구르고 그렇게 동방삭이는 신이 나서 흥얼흥얼 콧노래까지 부르며 한없이 굴렀다.

09 희생

타인을 다스리고자 하면, 먼저 자신부터 다스리세요

칠레의 늪지대에는
'리노데르마르'라는 개구리가 있습니다.
암컷이 알을 낳으면
수컷이 그 알을 입에 물고 생활합니다.
새끼가 태어날 때까지 먹는 것은 물론,
노래하는 것조차 포기하고 살아갑니다.
새끼가 태어날 때쯤 되면
결국 수컷은 지쳐서 죽고 맙니다.
소중한 것을 얻기 위해, 사랑하는 사람을 위해
당신은 무엇을 했나요?
당신은 얼마나 참아가며 희생했나요?

'소인은 아무 때나 나서기를 즐기며,
그것으로 생색을 내려 한다.
그러나 군자는 꼭 나서야 할 때 나서며,
결코 자신을 내세우지 않는다.'
빛이라는 것은 워낙 찬란하여
감추면 감출수록 더 환하게 빛을 냅니다.
속이 꽉 찬 사람은 잘 익은 벼처럼
고개를 숙이고 자신을 낮추어도
돋보이는 법입니다.

가끔 고개를 숙이는 당신,
그 누구보다 단단하고 크게 보입니다.

"돈은 현악기와 같다.
그것을 적절히 사용할 줄 모르는 사람은
불협화음을 듣게 된다.
돈은 사랑과 같다.
이것을 잘 베풀지 않는 사람을
천천히 고통스럽게 죽인다.
반면, 남에게 잘 베푸는 사람에겐 생명을 준다."
칼릴 지브란의 말입니다.
배려하고 기부하는 삶은
다른 사람의 인생을 바꿔놓기도 합니다.

『탈무드』에 이런 이야기가 있습니다.
어느 나라의 공주가 불치병에 걸렸기에
명의를 찾는다는 대자보가 붙었습니다.
먼 거리도 볼 수 있는 망원경을 가진 첫째가
이를 보고 동생들에게 말했습니다.
하늘을 나는 양탄자를 가진 둘째는
첫째와 셋째를 태워 공주에게 날아갔습니다.

치유의 사과를 가진 셋째는

공주에게 그것을 바쳤습니다.

사과를 먹고 병이 나은 공주는

그 셋 중 한 사람에게 청혼했습니다.

과연 누굴까요?

정답은 셋째입니다.

하나뿐인 사과를 주어

온전히 자신을 희생했으니까요.

일본의 정신의학 박사 사이토 시게타는 말했습니다.

"사람들에게 사랑받는 비결은

'타인의 의견을 존중하고 칭찬해주는 것'이다."

이런 말이 있습니다.

'남을 다스리고자 하면, 먼저 자신부터 다스려라.'

주변 사람들이 내 말을 듣지 않을 때,

내가 먼저 가슴에서 우러나는 칭찬으로

상대의 의견을 세워주는 건 어떨까요?

어떤 등산가가 했던 말입니다

"높은 산에서는 산소의 부족함을 느껴

조급하게 공기를 듬뿍 들이마시려고 하지만,

그럴수록 숨을 내쉬어야 한다.

숨을 내쉴수록 산소가 몸속에 들어온다."

무엇인가 필요할 때 그것을 얻으려 서두르기보단

나 자신부터 베풀고 희생해야 하지 않을까요?

이야기 하나

한 젊은 수도승이 일본의 옛 수도인 교토 근처에 살고 있었다. 그는 매우 젊고 잘생겼다. 마을 전체가 그를 보고 즐거워할 정도였다. 그들은 그를 존경했고 위대한 성자라 믿었다.

어느 날, 모든 것이 뒤바뀌었다. 나이 어린 한 처녀가 임신을 했는데, 부모에게 아이 아버지가 그 수도승이라고 말했던 것이다. 그러자 마을 사람 모두가 그를 불신하고 반대했다. 깊은 배신감을 느낀 것이다.

얼마 후 처녀가 아기를 낳자 그들은 그의 암자로 몰려가 그곳을 불태웠다. 매우 추운 겨울날 아침이었다. 그들은 아기를 그 승려에게 던지다시피 했다. 그 처녀의 아버지는 이렇게 말했다.

"이 애는 당신 자식이다. 그러니 책임을 져라."

그러자 수도승은 단지 이렇게 대답했다.

"그런가? 이 아이가 내 자식인가?"

그때 아기가 울기 시작했다. 그는 거기에 모인 사람들을 거들떠보지도 않고 아기 돌보는 데만 열중했다. 사람들이 모두 집으로 돌아갔다. 그리고 불탄 암자는 완전히 무너졌다.

아기는 배가 고파서 계속 울어댔다. 수도승은 여러 집을 다니며 젖동냥을 했지만 사람들은 그를 경멸할 뿐 도와주지 않았다.

마침내 그가 그 처녀의 집에 당도했다. 처녀는 아기의 울음소리를 듣자 가슴이 찢어지는 것 같았다. 그때 수도승이 문밖에 서서 단지 이렇게 말했다.

"나에게는 아무것도 주지 마라. 나는 큰 죄인이다. 그러나 아기는 죄인이 아니다. 그대는 이 아이에게 젖을 줄 수 있다."

그 처녀는 아기의 진짜 아버지를 마을 사람들에게 고백했다. 그 승려는 절대적으로 결백했던 것이다.

마을 사람들은 다시 그를 존경하게 되었다. 그들은 그의 발 앞에 엎드려 용서를 구했다. 특히 처녀의 아버지는 그에게 아기를 돌려달라고 말하며 눈물을 흘렸다.

"스님, 어째서 아니라고 말하지 않았습니까? 아기는 스님의 자식이 아닙니다."

수도승은 "그런가? 이 아기가 내 자식인가?"라고 말했을 때와 똑같이 이렇게 대답했다.

"그런가? 이 아기가 내 자식이 아닌가?"

이야기 둘

옛날, 인도에 자비로운 왕이 있었다. 그는 언젠가 깨달은 사람, 붓다가 되리라는 큰 서원을 가지고 있었다.

하루는 왕이 산길을 가는데 갑자기 비둘기 한 마리가 품에 날아들었다. 알고 보니 매에게 쫓겨 온 것이었다. 이내 매가 나타나 왕에게 말했다.

"그 비둘기는 내 밥이오. 어서 내놓으시오."

비둘기를 가엾게 여긴 왕이 매에게 말했다.

"이 비둘기 대신 다른 걸 먹으면 안 되겠느냐?"

"난 산 것만 먹으니, 그럼 당신 살을 주시오."

왕은 잠시 생각하다 자신의 살을 잘라 매에게 주었다. 매가 다시 말했다.

"비둘기와 같은 양을 주시오."

왕은 양팔저울 한쪽에 비둘기를 올려놓고 다른 한쪽에 자신의 살을 올려놓았다. 그러나 비둘기가 더 무거웠다. 왕은 다른 쪽 살을 잘라 저울에 올려놓았다. 그래도 비둘기가 더 무거웠다. 왕은 이쪽저쪽 살을 잘라 또 저울에 올려놓았다. 여전히 비둘기가 더 무거웠다.

왕은 궁리 끝에 자신의 몸을 모두 저울에 올려놓았다. 그제야 비로소 저울이 평형을 이루었다.

10 신념

신념은 더 나은 내가 되는
원동력입니다

환경에 휩쓸리는 내가 될 것인가?
환경을 지배하는 내가 될 것인가?
신념이란 내가 처한 환경에서
어떤 행동을 더 잘할 수 있게 만드는 원동력입니다.
신념이라는 엔진에 연료를 가득 채우세요.
자신감, 책임감, 성실성, 진정성을 채워넣다 보면
어느새 능력이 향상되어
더 나은 나로 업그레이드됩니다.

법륜 스님의 『깨달음』에 이런 내용이 나옵니다.
'원효대사는 스스로를 소성거사라 칭하며
천민들과 어울려 살며
깡패, 술꾼, 사기꾼, 도둑 같은 사람들과도
친구로 지냈다.
그런데 그렇게 원효대사와 어울려 살던
천민 마을 사람들이 몇 년이 지나자
도둑은 스님이 되겠다 하고,
살생하던 사람은 살생을 멈추고,
깡패가 착실하게 일을 하고,
술꾼이 술에 취하지 않게 되었다.'
신념으로 자기정체성을 확고히 하면

어떠한 환경에도 휘둘리지 않고
주변 사람들까지도 변화시킵니다.

『간단명쾌한 NLP』라는 책에서
저자 가토 세류는 이렇게 기술했습니다.
'사람은 태어났을 때 순수하며
의심하지 않고 비교하지 않고 포기하지 않는다.
그러나 성장함에 따라 여러 제한이 몸에 박힌다.
그것은 국가, 교육, 시대, 부모, 가족 등
우리를 둘러싼 환경에 따라 다양한 모습을 띤다.
~해야 한다, ~하면 안 된다는 말에
도대체 우리는 얼마나 얽매여 있을까?
그로 인해 가능성은 얼마나 줄어들었을까?
리처드 밴들러 박사가 말한 것처럼
사람은 제한에서 벗어나 자유로워지면
다른 사람을 배려하고
따뜻하게 감싸 안는 마음만 남게 된다.
우리는 모두 멋진 가능성을 품고 있다.
그 가능성의 주인은 바로 당신이다.'

이야기 하나

미국 심리학자 밀턴 에릭슨은 어느 날 21세의 여성을 상담했습니다.
그녀는 두 달 후인 스물두 살에 죽게 될 것이라고 했습니다. 그녀는 자신의 할머니도, 어머니도 모두 스물두 살에 죽은 탓에 자신도 그런 징크스에 얽매여 있다고 믿었습니다.
그녀의 얘기를 들은 에릭슨은 "지금 하시는 일은 무엇이죠? 그냥 쉬고 계시나요?" 하고 물었습니다.
그녀는 "아르바이트를 하면서 돈을 갚고 있습니다"라고 대답했습니다.
"아니, 두 달 후면 죽을 사람이 돈을 갚아 무엇합니까?"
"신용이 얼마나 중요한데요."
그녀의 대답에 에릭슨은 "오늘 상담비는 받지 않겠습니다"라고 말했습니다.
"대신 상담비는 14개월 후에 주십시오."
정말로 14개월 후 그녀는 상담비를 주었고, 그 후로도 건강하게 살았습니다.

신념은 죽음을 뛰어넘는 그런 것입니다.

– '모든마음연구소' 강좌 중에서.

이야기 둘

교회에서 결혼식이 열렸다. 주례 목사가 강단에 서자 웨딩마치가 울리고 신랑 신부가 입장했다.
결혼식은 순조롭게 진행되었다. 절정에 이르러 신랑과 신부가 예물 교환을 하려는데 갑자기 어디선가 화재경보 사이렌이 울렸다.
그러자 신랑이 후닥닥 밖으로 뛰쳐나갔다. 그 바람에 결혼식은 중단되었고 식장은 아수라장이 되었다.
뛰쳐나간 신랑은 좀처럼 돌아오지 않았다. 하객들은 저마다 수군거렸고 목사는 우두커니 서 있었다. 참으로 난감한 상황이었다.
신부는 어찌할 바를 몰라 하다가 결국 울음을 터뜨렸다.
시간이 좀 더 흐르자 하객들은 노골적으로 투덜거리며 자리를 털고 일어났다.
바로 그때 갑자기 신랑이 헐레벌떡 뛰어 들어왔다. 신랑의 모습은 가관이었다. 예복은 얼룩이 범벅돼 있었고 구두는 물에 질펀히 젖어 있었다.

신랑이 목사에게 다가가 말했다.

"목사님, 결혼식을 계속 진행해주십시오."

목사가 물었다.

"자네 어디 갔다 왔나? 옷은 또 왜 그 모양인가?"

신랑이 싱긋 웃으며 말했다.

"사실, 저는 소방관입니다! 화재경보 사이렌을 듣고 가만 있을 수가 없어 달려가 불을 끄고 왔습니다."

신랑의 말이 끝나자 하객들의 입에서 절로 탄성이 터져 나왔다. 그와 동시에 박수 소리가 식장을 가득 채웠다.

–『이야기 속에 담긴 긍정의 한 줄』 중에서.

이야기 셋

미국 테네시 주에서 흑인으로 태어난 그녀는 네 살 때 소아마비에 걸려 일어서지도, 걷지도 못했다. 하지만 어머니는 딸을 포기하지 않았다. 그녀의 어머니는 매일 새벽 네 시에 일어나 이웃 농장에서 일을 하고, 오후에는 그녀를 데리고 80킬로미터나 떨어진 병원을 찾아갔다. 비가 오나 눈이 오나 병원 오가기를 3년, 드디어 그녀는 제 힘으로 설 수 있게 되었다.

그날부터 어머니는 그녀를 데리고 근처 공원에 나가 한 걸음 한 걸음 걷기 연습을 시켰다. 두세 걸음도 걷지 못하고 울며 괴로워하는 그녀에게 어머니는 말했다.

"지금 포기하면 영원히 걷지 못해! 넌 할 수 있어!"

어머니는 분필로 선을 그어 목표점을 만들어주었다. 그녀는 선을 향해 한 걸음 한 걸음 내디뎠으나 이내 쓰러졌다. 얼굴과 옷이 먼지와 눈물로 범벅이 되었다. 하지만 그녀는 또 일어나 이를 악물고 걸었다.

마침내 여덟 살이 되었을 때 그녀는 절룩거리며 혼자 학교에 다닐 수 있게 되었다. 중학교를 거쳐 고등학생이 되었을 때 그녀는 단거리 육상 선수가 되어 있었다. 그것도 학교에서 가장 빠른 선수였다.

1960년, 그녀는 미국 대표로 올림픽에 참가했다. 그리고 100미터와 200미터에서 당당히 금메달을 차지했다. 그뿐 아니라 400미터 계주 마지막 주자로 나가 저만큼 앞서가던 독일 선수를 제치고 1위로 골인했다. 소아마비로 절망하던 한 소녀가 자신의 한계를 극복하고 마침내 올림픽 영웅이 된 것이다.

이것은 1960년 로마올림픽에서 세 개의 금메달을 획득한 육상 선수 윌마 루돌프의 이야기다.

–『이야기 속에 담긴 긍정의 한 줄』 중에서.

이야기 넷

밀턴 에릭슨은 심리학자이자 정신과 의사, 최면치료사로 유명했지만 인간적인 면에서는 심한 장애를 겪으면서 불행한 삶을 살았다.
에릭슨은 열일곱 살 때 소아마비로 쓰러진 후 의사에게 냉혹한 말을 들었다.
"오늘 밤을 못 넘기니까 준비하세요."
에릭슨은 그 말을 듣고 살아남겠다는 집념으로 다음 날 살았고, 그 다음 날도, 또 그 다음 날도 버텼다. 그러나 안타깝게도 전신이 마비되고 뒤틀리어 걸을 수 없게 되었다.
그 후 침대생활을 하게 된 그는 한창 사춘기 시절에 집 안에서만 지낼 수밖에 없었다. 그런 상태에서 그는 가족들이 서로 시끄럽게 싸우고 웃고 하는 것들을 누워서 관찰만 하는 시간을 몇 년 보냈다.
또 새로 태어난 어린 동생이 기어 다니다가 일어서기 위해 처음으로 걸음을 떼고 학습해나가는 과정들을 면밀히 관찰했다.
정보를 입수하는 주도면밀한 관찰을 에릭슨은 어쩔 수 없이 하게 되었다. 할 수 있는 게 그것밖에 없었다. 발소리만 들어도 누가 왔는지 알 수 있을 정도였다.
형제자매들의 일상적인 대화를 나눌 때 누가 화나 있는지, 조금 있으면 그가 무슨 말을 할 것인지, 어떤 행동을 할 건지도 유추해낼 만큼 관찰력과 추리력이 굉장히 좋아졌다.
그는 결국 자기 몸이 어떤 식으로 마비되었는지, 어느 감각이 살아 있는지 세심히 관찰하기에 이르렀다. 그는 자신이 움직일 수 있는 곳과 움직일 수 없는 곳을 인지하고는 움직일 수 있는 곳을 서서히 쓰기 시작했다. 발가락부터 시작하여 미세한 근육들까지 제어 범위를 넓혀갔다.
결국 에릭슨은 혼자 힘으로 걸을 수 있게 되었다. 약간 다리를 절었고 게다가 시력과 청력도 온전치 않았지만 그는 끊임없는 노력 끝에 대학까지 진학하게 되었다.

의사의 운동 권유에 그는 방학 때 미시시피 강을 카누로 거슬러 올라가는 계획을 실행했다.

항해를 위해 준비한 것이라고는 몇 자루의 곡식, 간단한 취사도구, 그리고 2달러 32센트뿐이었다. 그는 강에서 잡은 생선과 강둑에서 채집한 과일을 먹으며 항해를 계속했다. 카누를 움직일 충분한 힘이 없는 상태였음에도 불구하고 그는 무사히 항해를 마쳤다. 일반인도 하기 힘든 항해를 불편한 장애의 몸으로 기필코 성공해낸 것이다.

에릭슨은 모든 것을 경험으로 증명했다. 돌연히 인생을 덮친 소아마비, 시력과 청력의 손상에도 불구하고 그는 특유의 낙천적 성격과 긍정의 마인드로 장애를 이겨냈다.

행복한 사랑
찾으셨나요?
사랑은 언제나
당신과 함께합니다.

사랑이 내게 아프다고 말할 때

초판 1쇄 인쇄 2013년 10월 5일
초판 1쇄 발행 2013년 10월 15일

지은이 | 이명섭
펴낸이 | 전영화
펴낸곳 | 다연
주 소 | (121-854) 경기도 파주시 문발동 535-7 세종출판벤처타운 404호
전 화 | 070-8700-8767
팩 스 | (031) 814-8769
이메일 | dayeonbook@naver.com
본문 편집 및 디자인 | 미토스
표지디자인 | 김윤남

ISBN 978-89-92441-43-8(03810)